U0819117

本书获2015年贵州省
出版传媒事业发展专项资金资助

故里故人故事

王建一 著

贵州出版集团
贵州民族出版社

图书在版编目 CIP 数据

故里 故人 故事 / 王建一著. --贵阳 ：贵州民族出版社，2015.12
ISBN 978 - 7 - 5412 - 2257 - 3

Ⅰ. ①故… Ⅱ. ①王… Ⅲ. ①回忆录 - 作品集 - 中国 - 当代 Ⅳ. ①I251

中国版本图书馆 CIP 数据核字(2015)第 319092 号

故里 故人 故事
王建一　著

出版发行　贵州民族出版社
地　　址　贵阳市观山湖区会展东路贵州出版集团大楼
邮　　编　550081
印　　刷　贵州新华印刷二厂
开　　本　850mm × 1168mm　1/32
印　　张　6.875
字　　数　140 千字
版　　次　2015 年 12 月第 1 版
印　　次　2015 年 12 月第 1 次印刷
书　　号　978 - 7 - 5412 - 2257 - 3
定　　价　32.00 元

目　录

序　公仆的别样人生 / 1

故里乡情人宛如 /1
家乡文苑忆 / 5
家乡赋 / 12
人走茶不凉　故里酒犹香 / 14
望谟城的桥 / 18
家乡的花 / 21
家乡的变化令游子欣慰 / 23
贺望谟《麻山文艺》更名为《王母河》 / 26

我的伯父王海平 / 28
我的表爷老卜炮 / 33
追思我的让哥 / 38

悼念缪大伯 / 50
布依孺人杨荣莉 / 55

死不瞑目 / 59
小雨妹的苦恼婚姻 / 91
十三湾恋 / 133
小国淘上讲台 / 167
怀念我的同事魏立 / 177
人应有自知之明,不然力也费丑也丢 / 185
麻山起义 / 191
读李母自律故事有感 / 199
县令豁达　邻邦和睦 / 201

后　记 / 206

序

公仆的别样人生

岑美强

建一又要出文集了,真是可喜可贺。这是他继《公仆情·百姓心》《闲话乡村旧事》后的第三本集子。50 年前谁也料想不到建一会成为一个写手,成为一个作家,如今他已是黔西南布依族苗族自治州(以下简称黔西南自治州)作家协会会员,在文学写作上可算得上是一个大器晚成的人物。

50 多年前我和建一就相识了,那个时代我们都还是青年学生,来往逐渐频繁,在一起工作多年,从相识到逐步相知,到晚年已成了心心相印的朋友。建一中等身材,一头微卷的黑发,一双乌黑浓眉,红扑扑的脸颊,生得斯文而俊秀。建一为人礼让三分,对老年人毕恭毕敬,对少年儿童关爱有加,对同辈人客客气气。有朋友说,有一次他走过一座 60 米长的桥就和 18 个人打了招呼,真是不可思议。

1964 年建一在贵州省电影放映技术学校就读,毕业后被分配到望谟县电影放映队工作，长年累月走村串寨，为乡村群众放电影。白天他喜欢找群众拉家常，听老年人讲故事，回到县城，他就把听来的故事讲给别人听，久而久之，竟成了我们这群哥们里的故事大王了。我们聚在一起的时候，餐前和饭后闲聊，或在出差的车上，总爱找些笑料来充实这些时光，建一就是讲笑话的能手，别人的一点小事，他可以添枝加叶地编一段笑话，逗得大家捧腹大笑。2002 年，组织调他到黔西南自治州人大常委会任秘书长，从多年靠秘书代写文稿变成自己为领导和单位草拟及修改文稿，有更多的时间和文字打交道了。多年的从政经历和丰富体会，在文化馆工作时偷看“禁书”，在中央民族学院刻苦深造两年，扎实的文字功底，以及善于编故事的特长，一下子在他身上形成一个合力。在工作之余，试着写文章向报刊投稿，竟被发表了，让他喜出望外，写作兴趣更加浓厚，有一发而不可收的趋势。他年复一年地写，退休后更是爱不释手，所写的作品刊登在《人大论坛》（贵州省人大常委会主办）、《金三角》（黔西南自治州文联主办）、《黔西南日报》《黔西南政协》《麻山文艺》（后改名为《王母河》，望谟县文联主办）等刊物上以及《万峰趣谈——黔西南故事》一书中。好几篇文章还获得了奖杯、奖励证书和奖金，被外地媒体转载。2007 年，他把这些文章集中起来，出了第一本文集。

建一的第一本文集是以他的亲身经历、身边事和从政观念为主线，而第二、三本文集基本上是退休以后所写，多数篇目都是以大社会为背景，以人间情感故事为主线，发挥他编故事的特长，笔触细腻，语言流畅，情感动人，故事娓娓动听，使人看了开头就想看结尾，看了第一篇就想看第二篇，如《小雨妹的苦恼婚姻》《十三湾恋》，洋洋洒洒两三万字，但读起来趣味无穷，并不觉得冗长。相信再过几年，我们将会看到他的第四本、第五本文集面世。

无心插柳柳成荫，建一在书法方面的长进也像他在文学方面的成就一样验证了这个道理。无论是在乡间为群众放电影的日子里，在书店当店员时，还是在文化馆工作期间，他常受群众之邀，为群众写春联，一写就写十几家。为了把字写得更好看，他一有空就练毛笔字。幸运的是，当时望谟县电影院有个书法大师郭秀生老人。此人的书法当时在全省的电影系统和黔西南都是出了名的。同在一个系统工作，建一有很多的时间和机会向郭老求教，受益匪浅。此后几十年，他的寝室和办公室的桌子上都少不了笔墨纸砚，有时间就写几笔。天长日久，到壮年时期，他的隶书已成型成体，求他送字的人越来越多。望谟县内一些单位的匾牌、县里新建的桥和一些山庄，都留下他的笔迹，县外如兴义、贵阳、昆明、宁波等地的一些朋友家的墙上都挂有他的作品。早些年他已是贵州省、黔西南自治州书法协会的会员了。

虽说建一在文学和书法方面颇有成就，但他的主要成就还在于他的政治生涯。有朋友对他开玩笑说："有部电影叫《从奴隶到将军》，你建一从一个农村放映员、书店店员到当县长，真是个不小的奇迹。"

后来组织上相继调他任中共望谟县委组织部干事（科级）、望谟县政府办公室副主任，算是正式步入仕途。建一说话有板有眼，做事有钉有铆，组织上看他是个好苗子，1985 年便把他和11个民族干部一起送到中央民族学院(即今中央民族大学)深造两年,学经济管理。回来后建一被选为望谟县人民政府副县长,从副县长、常务副县长到县长,一干就是16年。不要看建一平时温文尔雅,对人彬彬有礼,客客气气,重担在肩后,他逐渐显现出刚强的一面,原则问题概不退让,涉及群众利益的、对县里有利的事,他总是据理力争,有时会争得面红耳赤。到省里、州里争取项目或要求支持,不达目的决不罢休,甚至说“这事不解决,本县长就一直在这里等”。后来这句话无意中在全州传开了,只要有人说“本县长来了”,在座的人都知道是谁来了。从农村电影放映员到县长,建一深知党和人民培养自己的恩情,深知自己身上的重任,所以,他总是拼命工作,熬更守夜地干,有几次为了帮助群众解决具体问题,大年初一也没能在家与老母亲和家人团聚,而是到农村去和群众一起过。

这位县长也有被哥们忽悠的时候。有一次到省外出差,同事说在一个市里落脚,他坚持到城边小旅馆住宿,说这比在县里下乡时住得好多了。住下后大家到一个小饭店吃饭,这家饭店的水缸里有小活鱼,大家一致同意吃一锅酸汤鱼,别人说五个人称五斤鱼才够吃,他坚持两斤半就够吃了,多了剩下浪费。结果,由于坐了一天的车,每个人的肚子都被抖空了,第一碗饭,大家三下两下就把锅里的鱼吃得差不多了,剩下三四条小鱼。建一去添饭的时候,大家商量好,谁也不准吃鱼了,于是第二碗饭就靠辣椒水和凉拌菜下饭,最后锅里还是剩那三四条小鱼。有人就说:“还是王县长说的对,两斤半鱼还是吃不完。”说得大家都笑了。又有一次下乡,车子行到一个山坡脚下，路上有几坨鼎罐大的石头，驾驶员停车正要下去搬石头，坐在后排的人把他拉住，说：“师傅，你握好方向盘等着，这些事是该公仆做的。”见没人下去，建一便走下去搬石头，回到车上，马上有人说：“这才像人民公仆。”

俗话说，家家都有本难念的经，建一的生活里同样回避不了这个问题。不过，他或忘情地工作，或埋头写文章，或潜心练书法，总之，尽量不让那些揪心的事有机会占据自己的心。在这个过程中，心中的负能量也变成了正能量。

建一就是这样一个人。

故里乡情人宛如

三月三是布依族的传统节日之一，随着节日的临近，我向龙刚主任告假，提前几天回到家乡望谟。此行主要是为故去的先祖扫墓挂纸。节日的头两天，我抽空去了平屯组一趟，一来想看看该组的变化，二来想答谢别人的一番盛情。

说起一番盛情，事情是这样的。打尖乡羊架村的平屯组几十户人家住在清水江上游的一块平地上，依山傍水，距县城有 60 千米左右。当地人祖祖辈辈在这片热土上日出而作，日落而息。然而由于受水利条件的制约，一年的辛劳，到头来往往都付之东流，难以解决温饱。1994 年我在望谟县人民政府供职时，率领县直机关十多个部门的负责同志到岜绕乡调研，在回程途中路经平屯组，到寨子上小憩。老百姓听说县里来人了，不约而同地走出家门，到队长家与我们攀谈，倾诉他们无水灌溉之苦。他们说："我们这里，要土地有土地，要劳力有劳力，但就是因为水利问题得不到解决，使得我们长期以来,衣食不济,饭菜不香,苦熬日子度春秋。我们这里气候炎热,每年种的苞谷,到扬花时,只要连续遭受两个星期的伏旱,全部都蔫了。田里的水稻也因缺水而歉收。在没有办法的情况下,每户人家准备十几根钓鱼竿,男男女女都去钓鱼,钓来的鱼尽管鲜嫩诱人却舍不得吃,连小孩闹着要吃都不让,全用火烘干,然后拿到市场去卖,换回粮食,维系生活。这些苦,没经历过的人是无法体会的,你说我们这里没有水吗?有!清水江浩瀚的波涛,就在我们寨子脚下滚滚东去。我们也具备开发水利的条件。在我们寨子上方有一条约9千米长的水渠,只要得到开发,就不愁吃穿。问题是这条水渠经过之处有一坡山岩,除去它需要大量的火工材料,我们没有这个钱,只能年复一年地望着江水东去而受穷。"当村民们讲述这段话语时,他们的心情是那样的沉痛和悲切,使我们一行人无不为此而心酸,实在为他们的艰辛生活而心痛。

经过调研掌握情况以后,我们回到县里,由县政府牵头,召来了水电局的同志,坐下来一起研究,决定派人实地勘查,编制预算,然后由我带队向审计委报告,得到支持,给了15万元资金,于当年开工建设,次年初竣工,修成一条总长9.2千米的水渠,清澈的水犹如一条银色的巨龙,从取水处流入平屯寨,灌溉田园,浇灌庄稼,全寨子人,大人高兴,小孩欢呼,老人们笑得更欢。

寨子有了幸福水,全寨人甩开膀子干。一年干,二年干,三年再干,在原有田园面积的基础上,坡改梯,梯改田,田园面积增加到户均三亩,水源有了保障,粮食一年年增产,生活一天天富足。乡亲们明白，生活的变化，是人民政府的恩泽，是人民政府为他们办实事的结果。乡亲们很记情，无论是我在县城里工作时，还是到州里工作的5年间，多次请人带话，叫我一定到他们那里走一趟，亲眼看看他们组的变化。盛情难却，我决定走一趟。

4月15日这天，由县人大常委会副主任黄锦艳同志陪我同行，到乡政府又有张凡书记、乡长助理等领导同志陪同，我们一起乘车，沿着当年红军走过的路，驶入平屯寨。到了寨前，羊架村村委会王主任和村民组长来迎接我们。一进村里，只见一幢幢拔地而起的混凝土房屋，鳞次栉比，立于寨中，房顶上晒着各种谷物，显然与13年前所住的那种用芭茅秆编成的进屋还要弯腰的矮小茅草房截然不同，旧貌换了新颜。

当我们走进王主任妹夫的家里时，更看到一番幸福景象。屋里除了一堆堆粮食而外，还有许多家电，电视机就有两台，有黑白的，有彩色的，还有电话，电风扇也忙个不停，为客人的到来使劲旋转，送出阵阵凉风。席间，主人说他们早就接到通知，说我们要去，所以早就做了准备。桌上，有黄焖的狗肉，有狗灌肠，还有那昔日只能看而吃不上的鱼。鱼有水煮的，有油炸的，摆得满桌皆是。这些美味佳肴摆在桌上互不逊色，各自溢出浓烈的香气，使得整个屋子满是扑鼻的香味。我们入座后，王主任的夫人给我们斟酒，这酒不是用苞谷酿制，而是用大米。她说："当年我们吃都吃不上的苞谷，如今我们拿做饲料，现在白米饭吃不完，还要用它来酿酒呢，你们要多喝一点，我们才高兴……"我们边饮酒边叙谈，王主任向我们介绍:“现在全寨54户人家,有30户有电视机,有20多户装了电话,还有一户人家买了一部汽车(小货车),以摩托车代步的人家也不少。另外还建有教学点,小孩子有书读了,我们的生活的确发生了很大变化,但这还不够,我们还要发展。我们的路子是以自然优势为依托,凭借我们这个地方日照时间长这个优势,再加上有水利的保障,分长短期效益两块抓。长期效益主要是抓柚子、脐橙、椪柑等经济林水果的开发,短期效益着重抓小米辣和花生的种植。小米辣你别看它不起眼,现在市场上一斤的价格已达到15元,搞好了也可以带来一笔不小的收入。花生还可以用来榨油提高附加值。这些作物是我们地里的传统作物,很有发展潜力,这个思路,经群众讨论,大家都拥护,已经把它列为全组的发展大计,一如既往地抓下去,三五年后你们再来,一定又会有新的变化。”

我们这次到平屯组,虽然才两个小时,但感触颇深。在回来的路上,我心里在想,13年前一个连饭都吃不饱的寨子,今天居然发生了如此之大的变化,不仅是生活变得富足,而且人的观念也在发生变化,就连原来字都不认识几个的王主任也在研究经济发展思路,同时居然想起抓教育,办教学点,这莫不是这一条水渠起的作用。我由此联想到,但凡基础的东西抓住了,其他事就跟上了,平屯组就是因为解决了水渠这一基础设施问题,才有了今天的变化。

注:此稿2007年5月21日刊于《黔西南报》第二版头条,标题改为《重走平屯》。

家乡文苑忆

我的家乡望谟，虽地处边隅，然而文化活动极为活跃，布依山歌、吟诗作赋等皆盛行，可谓文苑盛地！现就望谟文苑二三事略叙于下。

一、报刊创办

《望谟县报》创办于 1956 年，1958 年更名为《大跃进报》，又于同年 7 月 1 日恢复《望谟县报》名称。主要任务是宣传党的政策、交流生产经验和表扬好人好事。辟有消息、通讯、文苑作品、光荣榜等栏目。1961 年 4 月 2 日出版到 882 期后停刊。

《布依文报》创办于 1983 年 11 月，是望谟县民族事务委员会创办的布依文、汉文双语刊物。主要介绍布依文、汉文双语教学经验，也刊登民歌、民间故事、古典诗词等。1991 年 1 月停刊。

《农村广播》创办于1971年1月，是县广播站主办的小报。主要以新闻报道为主，围绕县内中心工作进行宣传。辟有消息、通讯、文艺作品、农村天地等栏目。1983年7月出版到第37期停刊。

《天马山》创办于1981年1月，初为县文化馆创办的文艺刊物《望谟文化》。1983年7月1日更名为《天马山》，改为4开小报。辟有简讯、文化艺术、民族民间故事等栏目。共出版6期，于1983年11月停刊。

《麻山文艺》2004年创刊，由县文联主办，半年刊，每期5万~6万字。内容有散文、诗歌、小说、报告文学、书法、绘画等，很受欢迎。2013年4月更名为《王母河》。

《望谟政协》创刊于2012年5月，半年刊，每期8万字。主要宣传政协参政议政、民主监督等，此外也刊登诗歌、散文、小说等内容。

二、文艺活动

早在1938~1939年，蔗香乡板陈创强小学教师韦荆莉（中共地下党员）等组织学生文艺演出队到县城演出，宣传抗日。与此同时，王母小学亦组织宣传队，逢赶场天在场坝宣传演讲，声讨日本帝国主义侵略中国的罪行，高唱抗战歌曲，唤醒民众，共赴国难。

1942年，全国掀起“有钱出钱，有力出力，抗日到底”的献金运动。7月7日，在纪念抗日战争五周年活动中，王母小学公演了《大家来献金》和《老二当兵》等话剧。

1943~1948年，县民众教育馆先后组建学生话剧社、评剧社、“望风”剧团及学生歌咏队、民众歌咏队、儿童歌咏队等业余歌咏队。1948 年后，昂武乡布依戏《吹赌嫖游之害》《李家婆媳》等长演不衰，直到 1980 年还登上舞台。

中华人民共和国成立后，在毛主席延安文艺座谈会讲话精神的指引下，望谟的文艺活动更为活跃。全县从高寒的打易到炎热的蔗香，从麻山到平原的五大坝子，处处歌声嘹亮，欢快异常。

1956 年 8 月，县人民委员会组织文艺演出队赴都匀参加黔南布依族苗族自治州建州庆祝活动。同年 9 月和 12 月，分别参加在贞丰举行的贞丰、册亨、望谟、安龙四县文艺会演和全省少数民族文艺会演，望谟文艺队参演的节目《糠包舞》获二等奖。

1962 年，县里组织演出大型舞台戏《苦菜花》。1964 年演出舞台戏《夺印》。望谟民族中学组织演出《血泪仇》。

“文化大革命”时期，大唱语录歌，大演样板戏。各区成立“毛泽东思想文艺宣传队”。乐元区排演《沙家浜》，桑郎区排演大型舞剧《收租院》。由县文化馆组织的文艺宣传队排演芭蕾舞剧《白毛女》，参加兴义地区文艺调演。

粉碎“四人帮”后，群众文化、民族民间文艺空前活跃。在县领导的重视下，1980 ~ 1983 年，先后召开了三次民族民间艺人座谈会。1984 年 3 月，由区乡小学、文化站等单位组织文艺演出队，参加黔西南自治州民族文艺会演。望谟参演的节目有《竹筒情歌》《打包场上》《布依姑娘生来俏》。其中由潘云龙创作、编导的《竹筒情歌》获创作、表演双项一等奖。该歌曲后来被专业文艺团体选用参加演出。

1985年春节期间，县文化馆组织了五对布依族歌手对唱布依山歌，历时三天三夜，听众达万人次。自那年后，每年的春节均组织布依族、苗族歌手对歌，丰富人民群众春节文化生活。

1988年春节期间，由县文化馆牵头，联合县总工会、团县委、县妇联、县教育局工会举办望谟县首届青年歌手大奖赛，历时月余。评选出民族唱法和通俗唱法一等奖2名、二等奖4名、三等奖6名、优秀奖17名。

1989年2月，县文化局、县委宣传部、县总工会、县文化馆联合举办“望谟县’89文艺之春大赛”，历时6天，演出6场，24个单位参赛，参加演出人员208人，节目60个。评出舞蹈、声乐、曲艺、戏剧创作奖和组织奖60个，是一次大型的文艺活动，深受群众欢迎。

1992年9月，以副县长韦世聪为领队的望谟民间艺术团一行24人赴沈阳，参加“第二届中国沈阳国际秧歌节暨全国优秀秧歌民间大赛”。望谟民间艺术团演出了节目《板凳舞》《簸箕舞》，团队获优秀奖。

1995年7~8月，为隆重纪念中国共产党诞生74周年和世界反法西斯战争、抗日战争胜利50周年，县文体广播电视局和县委宣传部联合举办“颂中华·唱贵州·赞家乡”大型歌咏大赛，历时两个月，共48个单位参赛。

1996年2月，县文化馆协助县计生局组织人员排练节目参加黔西南自治州第二届小品小戏文艺调演，望谟布依唢呐调小戏《接女婿》获二等奖，小品《外来户》获优秀奖，3名演员获优秀演员奖，创作人员获创作奖。同年10月，县企业文艺演出队参加黔西南自治州企业民族歌舞调演，歌舞《麻山新歌》获一等奖。

三、吟诗作赋

望谟文人骚客喜好吟诗作赋。清道光二十八年(1848年)王绩康中文举第八名。《兴义府志》载:“贞丰州有举人,自绩康始。”中举后,王绩康参加了《兴义府志》的编撰。王绩康长于作诗,著有《竹园诗稿》《盾头草》《符水公余草》《莲转草》等诗作。其诗朴切含蓄,意邃情深。王属望谟名士之一。以后,家乡的各个时期,耕耘诗坛的人如雨后春笋,层出不穷。如望谟二中的梁成滢,县政协的杨苏民、王学敏,岜赖寨的谭月光,新屯寨的陆南才、罗跃忠(小学教师),粮食局的覃廷魁,桑郎中学的蒙后益等。杨苏民、王学敏、覃廷魁、蒙后益四人的诗已出版,名曰《幽草集》《学步集》《村夫诗文选》《桑溪泉韵》。

四、笔耕出书

家乡的文学爱好者们,业余时间勤于笔耕。王封常著有《望谟革命斗争史》《望谟古风》《望谟情韵》《麻山雄鹰》,共计百余万字。王封常在20世纪80年代将我写的故事《加麻号》改编成电视剧,制成光碟万余张销往县内外布依族地区,丰富了群众文化生活,深受欢迎。韦让著有《麻山揭秘》《盘江英烈》,40多万字。

另外,许多业余作者在省级以上报刊发表了诗词、楹联,如梁成滢、潘军、杨苏民、覃廷魁、卢诚之、娄平。还有的在省级以上报刊发表小说作品,如张静枫的《麻山姑娘》《五箩甘蔗种》《杵手棍》《泪》《花头雅代》《遥远的山寨》《月朦胧》;

杨道松的《平常事》《太河》《进山·狗·春天》《黑碑》《偏爱》《武器》《单身汉轶事》《努尔山》《锁》;梁天社的《追求》;娄平的《渴睡》。还有在省级以上报刊发表的散文作品,如张静枫的《青杠林里》《向探求者探求》《老君观》《故人入梦集》《山韵》;韦让的《瑶乡行》《西双版纳游记》《盘江怀古》;韦寒冬的《蓝色的忧郁》《写在路灯下的女孩》《小城故事》;杨道松的《奶奶的故事》。

五、书法艺术

说起书法,在民国时期,要数平洞寨的王星周老先生最有造诣。他写的字结构紧密,笔画粗细搭配得当,稳重有力,骨风遒劲,既庄重又美观,因此在县内享有盛誉,每年春节前的一两个月,四乡八寨的亲戚朋友纷纷拿起红纸到王先生门前排队,请其帮写春联。只可惜老先生的墨宝留传至今的只有他家的一本三槐堂家谱罢了,真可惜啊!中华人民共和国成立后,家乡的书法学习得以推进,爱好者数不胜数,书法人才辈出。历年来,有很多在省级以上比赛中获奖的书法作品。潘军的楷书作品,1962 年送展,入选"华风杯"书画精品,赴日本展出;其另一幅楷书作品,1998 年参加"刘邦杯"全国书法大赛获二等奖。罗正选的行草作品,1985 年参加贵州国民主与法制书画艺术大赛获优秀奖。罗正南的行楷作品,1994 年参加贵州省审计机关软笔书法比赛获一等奖;其行草作品参加 1998 年全国审计系统首届职工书法展,被收入《全国审计系统首届职工书画展优秀作品集》。梁成滢的楷书作品,1997 年参加纪念周恩来百年诞辰书画展,获一等奖,被收入《中国艺术人才书画作品精品集》。张志群的楷书作品1994年参加贵州省金融职工书画展获优秀奖;其行草作品参加1997年贵州省书法协会在铜仁举行的全省书画展;其行书作品参加1996年纪念彭德怀将军诞辰100周年书画展,被彭德怀将军纪念馆收藏。曹运炳的行书作品参加1996年全国青年美术、书法、摄影大奖赛,获优秀奖;其行书作品参加1988年贵州省首届群众书法大赛,获成年组三等奖;其隶书作品参加1988年教师书法大赛,获二等奖;其草书作品参加1993年首届全国教师书法大赛,获二等奖。舒雄的行草作品参加全省九地州市首届老年书画联谊展。韦应福的篆书作品参加1997年贵州省书法协会在铜仁举行的全省书画展。

六、美术作品

韦让与冯玉生合作的国画《问路》1972年4月参加贵州省展。韦让的油画《送水》1972年4月参加贵州省展。潘运龙的国画《贴心话》参加贵州省展;国画《麻山之舞》1983年在《贵州日报》发表;速写《岩架桥小景》1983年在《贵州日报》发表;油画《麻山老农》1996年收入《北京国际艺术精品博览》(特集)。杨通光的素描《娄山关》,1984年5月在《贵州日报》发表。黄高堂的油画《大山的女儿》1994年参加贵州省展。

家乡的文艺活动有着如此基础,相信今后在县委、县政府的关怀支持下,定会更加蓬勃发展。

家乡赋

天马腾飞，观山月望，银座星光，高地太阳。金鼎习笔，润圆两城王母；涅汁作墨，点缀一水望江。蟠桃艳果，蔗港明珠，土布花格，圆堡粮仓，乡音正清纯。

根系望谟，情愫依依，每逢佳节，倍感思乡。忆春节，早取勤水，身着华装。初二拜年，初六走亲，餐桌丰盛，款意难忘。一堂欢怡，满屋腾芳。三月祭祖，少男少女，邀友踏青，五花米饭，瓜果甜浆。荷枪狩猎，木叶声扬。情歌对唱，棋牌开张，席地围宴，土酒山鸡添雅兴，卷叶当桌，黄花枫叶送奇香。春阳天高，时闻林间缠绵语；醉眼迷离，常见堤岸醉客狂。端午三角粽，虔思竹子丧。龙舟竞飞渡，乡里庆荣昌。七月半，褡裢粑，天上月圆，云汉香飘牵织女；中元节，同心粮，人间月半，鹊桥喜架会牛郎。中秋望月圆，重九御寒霜。十饮黄花酒，冬吟瑞雪光。腊廿三清明粑，迎财神，布局来年细水长，新春伊始，除夕夜，火树银花，天地一片辉煌。诗曰：

腾飞天马著新装，
毓秀蟠桃富梓桑。
养育报恩人皆有，
魂牵梦绕布依乡。

注:我系望谟县人,自 1965 年参加工作以来,一直在望谟服务。2002 年在黔西南布依族苗族自治州五届人民代表大会第一次会议上,当选本届人大常委会秘书长,即到兴义工作。2007 年退休,因子女皆在兴义工作,故举家搬至兴义,定居黄草坝。然,毕竟根系望谟,在告休的时日里,常怀念养我育我的那片热土。在眷恋之情中不可自拔,于 2014 年以家乡终年各时期的年节为主线,有感而发,而书此赋,以表对家乡的眷恋之情。《家乡赋》写成后,韦树植、韦文楷、王茂、王封政等诸兄和朋友不吝赐教,反复修改,方才成稿,兹当感谢。

人走茶不凉　故里酒犹香

我离开家乡，到兴义工作已有 7 个年头。7 个春秋，如弹指一挥间，可见岁月的流逝竟如此之快。

10 月 30 日我接到家弟电话，说他 11 月 3 日儿媳过门，要我务必回家一趟，共同庆贺。接到喜电，我高兴极了，这自然是王门一族的一件喜事，说什么我都得走一趟。于是 31 日我放下手中的事，乘车前往望谟。

当天到家时已入夜。第二天，与我一起工作过，现任望谟县政协副主席的岑继尧同志知道我来了，便通知我们那些昔日相处共事，同为望谟经济发展、社会进步奋斗的故朋旧友们都前来相聚。忆起当年为同一目标而努力的悠悠往事，是多么的欢心与畅快。

当天岑继尧同志邀请我到天马大道的乐乐酒家小聚。接着黄兴国主席、罗耀堂副主席、岑美强老主任（望谟县人大常委会原主任）、鄂建塔主任等老朋友先后到场，我们一一握手，虽许久未见，但仍十分亲热和友善。人到齐后，由黄兴国主席举杯致辞，热忱欢迎我返回故里，令我感慨万端，不禁心想，我离乡已有多个年头，而且我在家乡工作时，又是个不曾作多少贡献的人，今天却得朋友和同志们如此厚爱，一时使我难以自容，实在是内疚有余……然而内疚归内疚，我只当厚颜愧受罢了。

席间，我们边饮酒边回忆望谟改革开放30年以来的建设成就。一说财政收入。改革开放前每年只有几百万的收入，现在已上升到几千万元，待龙滩电站竣工，可望达一个亿。

二说基础设施建设。先说电，改革开放前，望谟是个无电县，如今全县310个行政村，村村通电，光明普照千万家。再说水，改革开放前，乡间村民饮用的水几乎是中上游洗涤，下游饮用，极不卫生。县城的供水也是大问题，有大清早抢水蓄水和半夜起床接水的现象。经过努力，如今已有近80%的村民用上清凉干净的自来水，县城投入1400万元进行管网改造，供水满足万家人。再说交通，改革开放前，望谟只有紫望公路（紫云—望谟）、册山公路（罗田—册亨，经望谟县境）、望贞公路（望谟—贞丰）和几条乡间的公路，而现在，在原公路建设的基础上村通路率已达90%，且紫云到望谟、望谟到册亨、县城到蔗香乡的几条干线已改造成了柏油路，还有占地7亩的新车站耸立于县城中。公路四通八达，来去方便。

三说县城建设。过去一说到望谟，人们常谈之色变，之所以有成见，是因为它的滞后与不发达。然而改革开放30

年后，你不妨走一遭望谟县城，口虽不言，却要刮目相看了！城中五座桥梁把东西两岸的河东河西连成一片，清澈碧绿的河水穿城而过。新城的河西片区以天马大道、余姚大道、环城路和刚落成不久的迎宾大道为主干道。街道两旁房屋林立，烘托着河东老城区那古色古香的旧式建筑物。另有占地40亩的新世纪广场和河边专供人们休闲散步的长廊小道。新城区道路两旁所植的棕树、扁桃树、小叶榕树等郁郁葱葱、苍翠挺拔，简直是一片绿色的海洋。犹如画卷一般的美丽图景展现于眼前，真是美不胜收，怎能不让人们刮目相看？

城中车水马龙，商贾云集，一派繁荣景象。朋友们还说，望谟虽地处贵州边陲，但商贸相当活跃，仅凭每年数万吨的早菜销售就招来数以万计的客商，把整个县城挤得水泄不通；肉食的销售，仅猪每天就有20多头，牛也有好几头，还有鸡鸭禽蛋那就不说了。朋友们谈到此，使我想到人民生活水平已经提高了，特别高兴。这些都是改革开放的成果，标志着改革开放以来望谟经济社会的进步与发展。我不禁默默地想，改革开放是党的好政策，我们将一如既往、坚定不移地贯彻执行，把望谟建设得更加美好。

席间忆起许多往事和改革开放取得的成果，大家总是觉得言犹未尽，然而天下没有不散的筵席，也只好依依惜别了。下午，王建辉经理又再次邀请我，还有韦世聪副主席、黄生伟局长也打了好几次电话，但我因事要回兴义，只好婉言谢绝。

第二天我回兴义，是安光明同志驾着自家的私车送我。在车上，我想，此次回乡，得到这么多朋友的热情款待，让我沐浴在幸福之中,从而又使我想到人们常说的“人一走茶就凉”一语不可一概而论,应该是“人走茶不凉,故里酒犹香”。

注:此稿刊于《黔西南日报》2008 年 11 月 19 日第五版头条

望谟城的桥

1940年建县的望谟县，县城并不大，只有几平方千米。县城虽小，但却很美。清澈碧绿的河水穿城而过，城中古树参天，覆盖整个山城。在盛夏时节，那要几人才能合抱的株株榕树，犹像把把绿色的巨伞，展现着它们的丰姿，遮挡着炽热的骄阳，让人尽情地享受着树下的荫凉与温和的风。多么心旷神怡啊！更有各种房屋高矮不等地坐落于树丛中，树间有房，舍边有林，互相映衬，若隐若现，呈现着人与自然和谐相处的田园风情，简直就是一幅精雕细琢的美丽画卷。除此之外，县城最令我难以忘怀的是那一座座各式各样美丽的桥，那我就来说说望谟县城的桥。

望谟城的桥，据老年人介绍，民国时期曾经建过两座，一座是位于城中部的永平桥，另一座是县城下游的怀远桥。当时是官府号召，民间集资。官府本就未出资，然而在建桥时，官员们又一个更甚一个地贪污钱款，中饱私囊。可想而知，最终真正用于建桥的钱款所剩无几！然而又要敷衍百姓，只好将原本应用大柱的改成树干，本应深凿的柱桩，变成浅槽，最终桥虽勉强建就，然而由于偷工减料，一场小洪水就把桥冲垮，这就是民国政府为民建桥的“功德”和传闻。

中华人民共和国成立后，在伟大领袖毛主席“努力为兄弟民族筑路”的指示下，随着紫望公路（紫云县—望谟县）的修筑，1956 年就在县城修建“望谟桥”。望谟桥是望谟县城有史以来第一座石拱桥，同时亦是中华人民共和国成立后县城修建的第一座桥。桥长 64 米，宽 6.7 米，高 12.5 米，载重 60 吨。20 世纪 90 年代，随着发展的需要，县人民政府投资 6 万元加宽，采用加肩梁方式拓宽两侧人行道和护栏，加宽后桥净宽 10 米。望谟桥雄伟壮观，连接县城东西两片区，方便人民，惠及众生，可谓“一桥飞架东西，天堑变通途”。

第二座桥是解放桥。1975 年建成。长 56 米，高 13.2 米，为钢筋水泥结构双拱桥，是从县城望谟河下游通往民族中学和高车村片区等地的必经之路。

第三座桥是商贸桥。1998 年 8 月 18 日建成，由本县布依族技工黄生贵设计和组织施工。桥两孔净跨 22.5 米，长 77.16 米。投资 45 万，资金来源于卖农转非户口的收入。由此，为取桥名还有一番议论，有的主张，既是财政困难，无以投入，建桥资金是卖户口所获，当称“户口桥”，比较实在，也有意思。然而，有些人又说，事实虽如此，但太俗，还是隐讳的好，不然张扬了，别人会说一个县修一座桥，用的是这种钱，岂不有点寒碜，还是按政府修桥的目的取名为宜。当时政府建此桥，目的是让新开发的小区与老集贸市场连成一片，同时又能使来自河西方向的群众到集贸市场赶场方便，据此，顺应其用途取名，也体现政府用心于民，同时该地亦是商贸活动中心，因此就叫“商贸桥”。大家听了觉得有理就定下了。这便是商贸桥桥名的由来。

第四座桥是王母桥。1998 年 8 月 1 日动工兴建。桥长 152.83 米，其中主桥长 77.16 米，宽 12 米，高 15.8 米，人行道长 75.67 米，投资 252 万元，是县城第一座中承式钢混桥梁，设计荷载托重 120 吨。此桥除方便行人而外，在连接环城路成一线的同时，出口处与蔗香路口和册三公路交汇，可缓解县城交通拥挤。王母桥设计新颖别致、工艺精湛，是县城里一处独特的风景。

第五座桥是宁波桥。宁波桥在王母桥下方，桥为石拱桥，是浙江省宁波市对口帮扶投资所建，故名宁波桥。桥名体现对宁波市人民政府和宁波市人民援助的感激之情。

几十年来，随着望谟县城的扩展，仅县城内主河——望谟河上就建起了五座桥，城中的其他支流又建有高车桥、运输社桥、详乐桥、养猪场桥、平郎桥等，总共有十几座。一个县城有这么多桥，可谓是“桥城”了。

这些桥横跨在河两岸，它们除了促进经济发展，方便行人出行而外，还以雄伟壮观的丰姿装点着县城，构成一道道靓丽的风景，使县城美不胜收。多美的桥城啊！

家乡的花

2009 年 1 月 20 日，望谟县四大班子在兴义市三生酒店举行新春茶话会，邀请望谟籍在兴义工作和曾经在望谟工作的外籍科级以上乡友出席，共话望谟未来发展。

下午 5 时许，与会人员陆续到场，每位乡友步入会场时，都会由服务人员带上一朵有“贵宾”字样飘带的花。当服务员将花佩戴在我胸前时，我一时心情激动，感慨万千。同时心里也在默默地想，这朵花是多么的不寻常，它蕴藏着家乡四大班子和全县 30 万各族乡亲父老对游子们的一片深情，它是无价的、珍贵的、幸福的花朵。它将永远激励游子们前进，报效祖国，报效家乡。

会议由县委副书记、县长黄兴文主持，县委书记邓家富致辞。致辞热情洋溢，首先祝福各位乡友健康快乐，事业有成。字字句句，情深意切，令人听了倍感亲切。最为鼓舞人心的是，邓书记在致辞中，报告了家乡 2008 年县财政收入达

1.46 亿元,农民人均收入 1920 元。这一组组鼓舞人心的数据,让大家听了喜不自禁,都为家乡的进步和发展深感高兴。高兴之余,我联想到,望谟是个位于贵州省边陲的县,中华人民共和国成立之初,财政收入仅为 6 万元,到 2008 年竟然上升到 1.46 亿元,是多么的不简单,这数字在当年看来,简直是天方夜谭,而今天却变成了现实。这莫不是党的正确领导和改革开放的成果。邓书记报告的全县交通事业的发展,同样令大家兴奋不已。中华人民共和国成立前,全县境内无一寸公路,运输全靠人挑马驮。中华人民共和国成立后,红太阳高照大麻山,在毛主席“努力为兄弟民族筑路”的指示下,在上级党委、政府的关心支持下,全县人民艰苦奋斗,公路从无到有,但改革开放前的 30 年,也仅是几条过境公路,公路里程不外乎几百千米。而现今全县 161 个行政村,村村通公路,公路里程达 1210 千米,多么令人欣喜。邓书记又接着说,2009 年将全面启动通乡油路建设,过境高速公路计划也将付诸实施。喜讯一个接一个,与会的同志们着实为家乡的变化发展深感欣慰。我们深信,在县委、县政府的领导下,家乡的明天将更加美好。它将像一朵灿烂的山花,在改革开放步步深入的大好形势下,开得更加灿烂夺目。望谟,我们的家乡,游子们将永远记挂您,珍爱您,浮云游子意,落日故人情。

家乡的变化令游子欣慰

2010 年 2 月 1 日，望谟县四大班子在海钰酒楼举行 2010 年春节晚宴会，邀请望谟籍和曾在望谟工作过的外籍科级以上乡友欢聚一堂，共谋望谟未来发展。会议由县委常委、宣传部长范国美同志主持，县委书记邓家富同志致辞，县人民政府常务副县长王天洋同志通报 2009 年全县社会经济发展情况及 2010 年工作计划目标。邓书记在致辞中说，2009 年全县各族人民在县委、县人民政府的领导下，高举中国特色社会主义伟大旗帜，坚持以邓小平理论和“三个代表”重要思想为指导，深入学习科学发展观，按照既定的“编规划、强基础、兴产业、促发展、建绿色望谟”的发展思路，奋力拼搏，使全县各项经济建设取得了令人瞩目的成绩，社会有了进步和发展，乡友们听了无不由衷地感到欣慰，都为家乡的变化发展感到自豪。

邓书记在致辞中说，全县公路里程已达2100千米，2007～2009年，以每年300千米的速度建设。与此同时，全县通乡油路建设正在全面启动，公路质量不断提高；生产总值预计完成8.34亿元；固定资产投入完成3.6亿元；财政收入1.83亿元。组组数据回旋耳际，无不鼓舞人心，令人感慨万千。说到财政收入和公路建设更令人欣喜。我曾在望谟县人民政府供职。我2002年离任时财政收入仅为3600万元，不到10年时间，竟达1.83亿元，翻了许多倍。公路建设亦是如此，我离开时，全县公路只有1000多千米，而现在竟达2100千米，以全县3005平方千米面积而言，平均每平方千米有路1.43千米，这与中华人民共和国成立前，望谟县土地上没有一寸公路相比，简直是天壤之别！

2010年的宏伟目标也十分鼓舞人心。邓书记在致辞中说，望谟至安龙的高速公路即将开工；总长近10千米的县城环城公路已经完成前期准备工作，开工在即；另有水利基础设施建设，投资近2亿的桑郎高坝电站将于年内动工建设；还有者康、纳削、岜赖、新屯、乐旺、伏开等6个梯级水库的前期工作正在紧锣密鼓地进行，这6个项目建成后，可使县城周边储水量达3000万立方米，集城镇工业用水、生活用水、发电为一体。

在抓好农业发展的同时，做好六大规划，即做好现代农业规划、城镇发展规划、交通基础设施规划、水资源综合利用规划、教育发展规划、旅游业发展规划，以及做强蔬菜、糖业、林果业、畜牧水产业、中药材业、旅游业。按照规划，一步一个脚印地组织实施。

听了致辞，到场的每个乡友都心情激动，都为家乡的发展变化深感喜悦。同时，我们深信在县委、县政府的正确领导下，望谟的明天将更加灿烂。

贺望谟《麻山文艺》更名为《王母河》

一个礼拜二，我接到县文联主席王封秀的电话，说《麻山文艺》已决定更名为《王母河》，托我写一篇稿子祝贺。我感到为难。因为近年来，由于身体欠安，写作已搁置许久，脑子已僵硬，真有点像人常说的，刀不磨来锈封口。由此，我本想谢绝了之。然左思右想，这是家乡之事，更何况封秀主席又系族中侄女，她主办一个刊物实为不易，如若不支持，吝惜拙墨，今后何以面对江东父老和每次见到自己就热情地喊叔叔的封秀侄女，于是，我握起久违的笔管，尽我所能，写了这篇稿子，以之祝贺！

《麻山文艺》于2004年问世，迄今已走过十个年头。它是中华人民共和国成立后，县里所创办的《望谟县报》《布依文报》《农村广播》《天马山》《望谟政协》等诸多刊物中持续时间最长，最具生命力的一份刊物。

在十年峥嵘岁月里，它一步一个脚印地走来，逐步成长，渐而成熟，并以卓尔不群的胸襟，包容散文、诗歌、小说、报告文学、书法、绘画、民间故事、布依山歌等诸多内容。它为望谟广大文学、文艺爱好者提供了用武之地，他们纷纷为宣传望谟、活跃望谟群众文化生活贡献自己的聪明才智。与此同时，它又以自己特有的魅力，为望谟的建设、望谟的发展、望谟的繁荣昌盛贡献了力量，它的诞生，它的屹立，它的朴实，令人回味无穷，留下了深刻的印象！

如今，随着望谟建成小康社会步伐的加快和蔗香临港经济开发试验区的建设，《麻山文艺》的内容将更为广泛，肩负的职责更为繁重。在文艺“二为”方向和“双百”方针的指导下，决定更名为《王母河》。望谟古名叫王母，王母河是望谟人民的母亲河，《麻山文艺》更名为《王母河》，多么富有意义啊！它更名时，又恰逢党的十八大胜利召开不久和全国“两会”即将胜利召开之际，而且又在春天，不能不说是一番机缘巧合！

人们熬过苦寒的腊月，期盼春天的到来，春天来了，百花盛开，大地生机盎然。一年之计在于春，《王母河》就在这阳光明媚的时节中诞生了，让我们大家都来欢呼它的诞生，呵护它的成长，让《王母河》像春天一样，在党的十八大和全国“两会”精神的鼓舞下，犹如春天一样，百花灿烂，蓬勃发展，为望谟建成小康社会作出更大的贡献吧！

衷心祝贺《王母河》诞生！

注：此稿刊于望谟县文联主办的《王母河》2013 年总第 10 期

我的伯父王海平

我的伯父王海平烈士本名王周道，布依族，望谟县蔗香板陈人。1904 年考中贞丰州(今贞丰县)武生。1913 年起，历任贞丰县下江水上警察队长、黔桂边区清红两江独立保商营长、贵州西路纵队司令、望谟县抗日救国义勇军司令。

1924 年，伯父为整顿沿江一带战乱频繁、赋税繁重、民怨沸腾的动荡局面，招募兵勇逾千。捕杀杀人越货之惯匪，使商贾络绎，贸易繁荣，蔗香成为黔桂边区的棉纱和大烟等土特产的集散地。伯父收捐后富甲一方，称雄于“两江一河”。

1930 年 2 月在龙州起义的红八军第一纵队，于 5 月到达广西乐业县，经商谈，伯父以“收编”名义接受第一纵队司令员何家荣率部 400 余人进入蔗香休整，为该部解决被服、给养问题并解囊资助 2 万余银圆。

1933 年起，红七军 21 师牙永平连队、63 团团长韦国英和边委部分成员先后到达蔗香乡板陈、卡法，并以 63 团为主体与伯父共同组建成黔桂省边独立营，在伯父的掩护下开展活动。1935年4月伯父拒绝王家烈关于对过境红军“予以阻击”的指令，且还派人到乐元者坪协助红军过江。1936年，在边委的协助下，请来造枪工匠，创办板陈兵工厂和卡法分厂，并将渡邑渡口护商费和附近场坝税捐及交龙一带田税，交由卡法连队收取，从经济上支持红军。

伯父支持、掩护黔桂边区中共地下党组织的革命活动，引起伪国民党贵州省当局的惊恐，悬赏5000银圆缉拿伯父。1941年农历正月，伯父同中共黔桂边委转移到广西百色，5月12日离开百色，与副官谷怀虚于柳州乐群旅社被人出卖，被国民党抓捕，5月28日，以“通共容共，图谋叛反”罪名杀害于贵阳团坡桥，时年52岁。1992年贵州省人民政府以黔府通〔1992〕123号文件批复望谟县人民政府望府字〔1991〕41号报告，追认伯父为革命烈士。

按“三槐堂”王氏一族“元绩由周建，封功自汉兴，奋襄纯祖武，奕世继簪缨”20个字辈论，王海平烈士落我父辈。他家在蔗香，我家在乐康，两地仅隔一晨路（步行），且又是同一家族，老辈们常来往。小时候，我就常听老辈们讲起伯父的故事。现略叙一二，以飨读者。

一、伯父嗜好打猎，人称“飞枪王”

伯父身为司令，公务缠身，然而打猎的嗜好从不受影响。公事之余，但凡有时间，每天天刚亮便上山猎野兽，直到太阳升有丈高才回家。此嗜好即便是在行军途中亦不间断。伯父枪法极好，三四百米内从不脱靶，发发命中。在沿江一带享有“飞枪王”之美誉。有一次板陈兵工厂造好枪,他带随从们拿枪到江边校验。待到江边,江对岸的册亨县纳牙寨,有几只狗在沙滩游窜。伯父发话,谁能把对岸的狗打中,奖大洋两块。随从们听了,人人兴致高昂,争相报名。是时伯父从中挑了三个枪法较好的兵,叫他们各自把子弹上膛选准目标,由他发令同时放枪,结果一个都没打中,反而把狗惊跑了,这时伯父拿起枪,射中了一条。伯父叫人渡江到寨上找主人,以略高于市价付款,把狗抬回司令部打牙祭。

又有一次,因板陈兵工厂造枪的事,官府已有所闻,专员令兴仁专署保安大队长蒋贤甫带兵前往检查。伯父获讯,即安排人把车间伪装成农具生产,到处堆放锄头、镰刀、铧口等生产用具,以此糊弄蒋贤甫。午饭后众人在司令部门前闲聊,此时恰有一只铁鹞子在晒谷场上空三四十米高处盘旋,俯视地面的鸡群。蒋贤甫想炫耀他的美式冲锋枪和枪法,拿起枪扫射,铁鹞子毫毛不损,仍在悠扬盘旋。此时尴尬的他,把枪递给伯父。伯父不接,叫身边一姓潘的部下拿来他平时用的洋炮枪,从装火药、填铁砂、安火底到枪响鸟坠地仅几秒钟。目睹全过程的蒋贤甫当场自叹不如,而又假心假意拱手、抱拳向伯父道贺。蒋贤甫此行非但看不着他们所疑的工厂有一枪一炮,倒还碰上个枪法不凡的“飞枪王”,令他十分沮丧。回到专署,不知他胡说了些什么,不久,伪国民党贵州省当局即令板陈禁止造枪。

二、处事公道,乐于助人

祥沙、祥洛两寨地处森林密布的山谷中,有一年庄稼将成熟时，被野猪、猴子等糟蹋，乡亲苦不堪言。他们想起伯父，派人到板陈向伯父倾诉兽灾之苦。伯父听了以救民于水火为己任，二话不说，安排几名好枪手，组成救灾武装班，自备给养，随来人赶赴灾区，捕杀危害庄稼的野兽，保住了当年的粮食，乡亲们无不感谢他。救灾武装班完成任务返回时，乡亲们将腌好的肉干巴相送，以表谢意。武装班不收，并解释说，来时司令专门交代，但凡乡亲酬谢，一律不准收受。1992 年，政府追认伯父为烈士时，两寨的老人还拿此事当故事讲给晚生们听。

距板陈约有半里路的一个寨子，有一名叫大兰的姑娘，婚后不久，其夫即逝，而后父母将她改嫁给亲表哥落钱，落钱有隐疾。后来大兰与伯父手下的一名广西籍战士阿桂相识，两人相见恨晚，一次约会时被落钱家族的人逮个正着，五花大绑送到司令部，请伯父处置。

这对有情人被押到司令部时，人们拭目以待，看伯父怎么处理。伯父拿着这桩别人认为十分棘手的事，不紧不慢地开始审理。他先问大兰：“你作为有夫之妇，为何又寻新欢？这在封建时期，可是要五马分尸的，如今虽是民国，然也要严惩。”大兰听了伯父之言，即将丈夫有隐疾、自己苦不堪言的遭遇向其倾诉。伯父听大兰诉毕，转身又问阿桂：“你身为兵营士卒，不守兵营纪律，惹是生非，可知错？”阿桂听了伯父的严厉指责，一时发抖打哆嗦，回答说小人知错，愿受罚。问了他俩后，伯父又问落钱父母，落钱是否有隐疾，夫妇俩回说有，但娶媳妇是花了钱的，不能白白让人抢走，请司令做主。随之，伯父又问阿桂和阿兰是否愿结连理，两人听了连连点头，并双双下跪，感谢伯父不杀之恩。问明后，伯父略作思考便宣布："不应耽误大兰，该婚姻关系即日起解除。阿桂与大兰相爱应予支持，至于落钱父母提起钱的事，阿桂在我处多年，应予帮助。我拿十块大洋帮阿桂补落钱家水酒钱。"宣布后叫副官当众书写字契，此事即了结。

当天下午伯父又在食堂备一桌酒席，为阿桂和大兰举行了简单的婚礼，成全阿桂和大兰。第二天伯父又拿八块大洋给他俩作路资，乘船回广西老家创业。几年后，阿桂携妻带儿回来感谢伯父，说子孙后代不忘海平公的恩德。

此案的了断，既客观又公正，令人信服，深得人心。以后，此事在两江一河（南北盘江、红水河）流域广为传颂，人们茶余饭后常常谈起。

我的表爷老卜炮

老卜炮，按辈分论，是我的表爷。他家就在我家坎上，相隔极近，平时两家也很投缘，但凡哪家有事，均会伸手相帮。表爷身材伟岸，浑身是力，村里无人能比。表爷不仅力大如牛，且憨厚老实。

说起表爷的憨厚还有个笑话。有一年村里自发修一条路，每户出一个劳力，表爷家当然是表爷出马了，那天表爷扛着一把刚买的新锄头，随村里人走向工地，正要开挖时，发现一笼刚伐去的蛮竹桩。说起蛮竹人们是知道的，满身是刺，又坚硬，更何况是竹桩，其坚硬是不言而喻的。因此，在场人均避而远之，不敢近前。是时有个人就糊弄表爷说："这蛮竹桩算什么，老卜炮家的锄头是新的，不要说蛮竹桩，即便是铁桩都不怕。"表爷听人给他戴高帽，他又是个经不起夸的人，一时激动不已，舞起锄头就挖。他边挖边撬，因用力过大，没几下就把锄头挖坏了，气得他胡子都翘了起来，惹得在场人无不捧腹大笑。此前村里安排人在家打糍粑，送到工地给大家做午餐。当粑粑送到时，又有人说，粑粑现在还热，老卜炮要等冷了再吃。锄头坏了后，他已休息了一阵，现在他要趁别人吃粑粑的机会，用别人的锄头把刚才误的工补回来，不然过意不去。听人这一说，他拿起锄头就开干，等他干了一阵子，大家已把粑粑吃得个精光，待他干累了过来吃时，不说热粑粑了，连冷粑粑也一个不剩。表爷瞥了糊弄他的那人一眼，拿起空筐子，狠狠地往地下砸去，他的胡子又翘了起来，大家又是一场大笑。

表爷在年轻时娶了一房媳妇，生一独子，取名叫阿炮。阿炮长我一岁，我俩是一辈人，同时又是邻里，小的时候经常在一起玩。嬉戏游乐，无不开心。表爷看着我俩，喜在心里，乐在眉梢。然而，谁又知道后来会发生悲剧。事情发生在20世纪60年代末，"文化大革命"期间的一天，他挑着一挑菜，带着阿炮哥进城赶场。他爷俩进入场坝，卸下担子，把菜从筐里拿出，正准备做生意，此时场坝的西面突然骚动起来，同时又隐约听有枪声在响，表爷感到情况不妙，立即收起菜，挑在肩上，牵起阿炮哥的手，想赶紧离开这是非之地，以避灾难。就在这时，一群凶神恶煞的造反派往这边闯来，说是追捕什么坏人。一时赶场的人跑的跑，逃的逃，各自奔命，整个场坝骚动起来了。在混乱的人群中，表爷一时不慎，松了手，与阿炮哥走散了。阿炮哥被骚动的人群踩在地上，待人群散去，表爷好容易才找到阿炮哥，但阿炮哥已被混乱的人群踩得奄奄一息，不省人事。表爷抱起阿炮哥拼命往医院跑，哪知阿炮哥由于伤势过重，且流血过多，到半路就咽气了，走完了他短短十年的人生。表爷一时痛不欲生，背起死去的阿炮哥回到家，在亲戚朋友的帮助下将其安葬。阿炮哥走了，表爷一天食不知味，睡不成眠，郁结于心，话也少，活也不做，躺在床上想儿子，想起弃他而去的老伴。他又想，当年老伴走，是命运不济，是无可奈何的事，而今儿子走，是无辜被踩死，多么悲哀。想想这些，他伤心至极。表爷的痛苦，亲戚邻里看在眼里，怜在心头，纷纷以言安慰，要他节哀顺变。在亲戚朋友的安慰下，表爷慢慢振作起来。在以后的时日里，他把对阿炮哥的爱全给了我。平时下河打鱼捞虾，带我跟着去，我读书缺文具，他不吝用在队里分红得的钱为我买笔墨纸张。他知道我爱看小人书，每次赶场回家，他都要少则买一两本，多则买五六本送我，对我的学习和生活十分关心。就连假期里，队里安排他晚间到山上守野猪（在庄稼将成熟时，野猪常来糟蹋，有人守，野猪就不敢来），他都要带我一起去。一是做个伴，二是讲故事给我听。久而久之，表爷不仅是我的长辈，更是我的朋友了。也因此，在以后的日子里，我对表爷更加敬重。

20世纪60年代初，在国家贯彻“三自一包，四大自由”政策时，表爷分得一片自留地（也叫三分地）。这片地刚好在一条深沟边上。沟两旁的土地极为肥沃，表爷觉得有开发价值，遂不经请示，种上芭蕉。三年后，芭蕉成林，郁郁葱葱，果实累累，表爷一年收入几千元。这一来遭了别人的嫉妒，议论纷纷，说表爷私占集体土地。那时，国家经济刚复苏，人们生活已有了好转，大家兴高采烈，没有人认真追究此事，也就过去了。之后，“文化大革命”期间，那些造反派们硬说表爷是犯上作乱，并给他定了两条罪名，一是私自占用集体土地，侵占集体利益；二是占用集体土地种芭蕉，走资本主义道路。罪名定了后，表爷成了全村走资本主义道路的典型人物，造反派组织批斗会，白天斗晚上批，拳打脚踢。在批斗会上还责令表爷扛起一棵重达几十斤的芭蕉树跪于地上，又不准换肩，百般折磨，手段极为狠毒。

有一天，造反派们高喊着“割去资本主义尾巴”，组织村里青壮年，用绳子绑起表爷走在前面，走到表爷的芭蕉地后，给表爷松绑，拿起一把明晃晃的大砍刀交给表爷，责令表爷带头砍倒芭蕉树。是时，表爷犹豫不决，舍不得砍去自己用心血培植出来的果林，遂站着发呆，心里不是滋味。造反派们看他迟迟不动手，怒了。两个造反派上前，一左一右拎起表爷的耳朵，侮辱他说：“你再不动手就把你重新捆起来吊在树上，那时你才知道厉害。”表爷被逼无奈，心想好汉不吃眼前亏，只好屈服。当他扬起刀，砍向芭蕉树时，这刀就像砍在他身上，痛在心窝。造反派们之所以这么做，是想表示他们已做通表爷的思想工作，表爷认识到错误，自动割去“资本主义尾巴”，可见其多么狡猾。表爷砍芭蕉树时，忽然听到一声哨响，一群造反派预先安排的青壮年蜂拥而上，舞起大砍刀，啪啦啪啦地一阵乱砍，那一棵棵芭蕉树纷纷倒下。经过造反派们几小时的“辛苦”，表爷几年的心血就这样被毁了。表爷看在眼里，痛在心头。此时的他，心如刀绞，伤心痛哭。

那天他们押着表爷去芭蕉地时我也在，一是想看个究竟，二是如果表爷有不测好照应，所以我也跟着去，目睹了这一切，虽说男儿有泪不轻弹，但我却看见表爷流泪了！表爷哭，是哭他的心血无辜被摧毁，是哭他的勤奋无端遭到践踏，同时更为造反派们颠倒黑白，破坏生产，扼杀社会财富的愚昧之举而深感悲哀。

造反派们把表爷的芭蕉林毁了后，以为他们已把“资本主义尾巴”割掉了而沾沾自喜，遂高奏“凯歌”回村。到了村里，为庆贺他们所谓的胜利，杀猪宰羊，饮酒划拳，直至半夜才一个个醉醺醺地回家去。然而，在造反派们大庆其“功”的当晚，表爷回到家，越想越气，不堪忍受这无端的屈辱，用一根绳子悬梁自尽。第二天，表爷弃世而去的消息传开，造反派们如梦初醒，一个个吓得脸色大变。

1978 年 12 月，中国共产党十一届三中全会胜利召开，拨乱反正，表爷的在天之灵终于得到了慰藉。

追思我的让哥

让哥与我是好朋友,尤其是在他当教师,我在文化部门服务的日子里。我俩同属于文教系统,是从事文化教育工作的同行。由于同属一个系统,我俩频频接触,互相探讨,在为人民服务的征程上共勉前进。

让哥勤奋好学,平时除做好本职工作外,业余时间爱好广泛。他爱好文学,爱好书法,爱好画画,有时还弄琴拨鼓。在县里,他是个多才多艺、发展较为全面的人才。每次县里组织文艺调演,或是召开文艺创作会时都有他。由于他频繁参加文化活动,而我又恰好在文化部门,从事文化工作,所以我俩的接触自然就多了。我俩从有所接触到慢慢熟悉,进而成了志趣相投的好朋友,后来更是成了称兄道弟的哥们。这是我与让哥在年轻时结下的情缘。

以后随着工作的需要,我改行从政,工作繁忙,2002 年我到兴义工作之后,由于各居一隅,我们之间的走动才日渐减少。尽管这样，彼此之心是连在一起的，这份友情仍十分坚固，这是我俩人生中最宝贵的财富之一。在兴义工作的那些年间，我不时在心里说，如果有一天卸任，定与让哥相聚，促膝谈心，回忆我俩同在北盘江畔时的欢声笑语，同去纳谷村、桑郎镇的愉快与欢乐，那该是多么美好啊！

孰料 2011 年，我回家过春节，到文联走动，县文联主席、我的侄女王封秀送给我一本文联创办的刊物《麻山文艺》。我接过来，顺便翻了一下，在第 24 页看到由寒冬先生撰写的标题为《怀念我的小叔》的文章。当醒目的标题跃入眼帘时，我想，是哪位先生谢世作古了，遂出于好奇心往下看。不看则罢，看了伤心不已，原来是我的让哥！惊闻这一突如其来的噩耗，犹如晴天霹雳在头上炸响，不禁涕泪俱下，呼唤着我的让哥。我哭了一阵子后，静下心来痛定思痛，同时也在心里埋怨让哥走得太早，走得太快，还没等我卸任休息，兄弟聚首，像往常那样欢乐与共。他的走，使我原先设想的美事破灭了，我为此而悲哀。然而悲哀也无济于事，生老病死是不以人的意志为转移的。是时，我捏着那本《麻山文艺》，呆呆地站在文联办公楼的阳台上，俯视着那东去的河水，脑海里浮现着往日与让哥谈天说地的欢乐时光，不禁感慨万千。

让哥虽然走了，但他热爱党的教育事业，努力工作，勤勉敬业的精神，和他孜孜不倦，为望谟人民做出的贡献，将永远铭刻在我心中。

让哥和我是好朋友，我对他有着较深的了解，借此机会追忆他热爱工作、认真负责、一丝不苟的二三事，以表我对他的哀思。

一、让哥教学认真

记得20世纪60年代中期，我在望谟县电影队放电影，流动到纳谷村，当时让哥在该村的公学任教。那时电影队到农村放电影，受欢迎是不用说了，学校的学生跟着我们跑是常有的事。每次电影队到村里，大家都巴望天快点黑好看电影，同享社会主义文化娱乐。是时让哥和大家的心情一个样。可不巧的是，那天电影开场后约20分钟，机器发生故障，我们折腾了近两个小时，好不容易才修好。等修好放完电影已是11点过了，按理说洗脚后该上床休息了，然而让哥并非如此，他嘱咐我说："老弟你先睡，我还要备课。"说完就到办公室伏案备课去了。

我一时不解地问："让哥这么晚了还备什么课，教书这档子事不是你们天天都在做的吗？何须那样认真，明早起来拿根粉笔在黑板上写写画画不就了事了吗?"他听了说："那可不成，教书须认真，不能马虎了事，若那样不负责，不但误人子弟不说，作为为人师表的教师，对不起人民，对不住学生。更何况备课是教学必须的要求，我不能破规矩。再说通过备课，对我本身也是个学习提高的过程，俗话说，老师要有一瓢，学生才有一碗，若是老师没有一瓢，倒下去的'水'就装不满一碗，那可要误人子弟的哟。"

经他这么一说，我十分敬佩，觉得他所说的不无道理。但凡一瓢水往碗里倒，便是再小心都难免有滴漏抛洒，如若不是一瓢，那么学生该得的一碗就得不到了，可见让哥的认真。让哥的一席高论，让我一夜不眠，想想自己的工作，如能像让哥那样认真负责，并按章程所规定的认真履行，严守“每台机子从甲地运到乙地，机子到点摆放停当，放映员要对机子作一次检查，以防故障的发生”的规定，这次故障是完全可以避免的。就是因为不认真，才导致这一事故的发生。这与让哥相比，是两种截然不同的工作态度。想想让哥，想想自己，我愧疚万分。

二、让哥的书法艺术和钢板刻印技术

让哥自从读小学时起，就练习写毛笔字，且又得益于其父韦申芝老先生的督促和指点，进步很快。韦老先生自民国时起即自立学馆，启蒙学子，教人子弟，中华人民共和国成立后，投身党的教育事业，一生从教，为望谟县的教育事业作出了巨大的贡献，是个德高望重、学子满门的老先生。

据说韦老先生指导让哥学写毛笔字时，还有这样一个故事。因让哥是家里的幺儿，韦老先生特别钟爱。为使幺儿有一技之长，光耀门庭，每天让哥完成当天功课后，他又单独布置习写五十字的毛笔字，以之磨砺，练就功夫。写完后让哥送到跟前，他逐字批阅。写得规范，写得好的字，即用红笔圈起来，以示过关，凡写得不好的即打叉令其重来，往复磨砺。久而久之，让哥的毛笔字非但写得好，而且对书法也产生了兴趣。在以后的时日里，让哥不用扬鞭自奋蹄，不断磨砺，苦练不辍，终于成了小有名气的书法人。他的楷书稳重有力，风骨遒劲，既庄重又美观。

记得有一次，我们放映队到他所在的纳谷村放电影，那天正好是星期天，老师们都在休息。我们知道他的毛笔字写得好，就请他在放映机、扩音机箱上书写毛主席语录，宣传毛泽东思想。他不辞所请，挥毫泼墨，用了整整一个上午的时间，在两个机箱上书写了多条毛主席语录。

他的钢板刻印技术也很好。他刻写的宋体方块字，既工整又美观，笔画遒劲有力，让人一睹便赞叹不已。他常将这一特长用于教学中，刻印教案，刻印歌片，发给学生，为学生的学习提供方便。闲时他常刻印一些好文章，送给同事、朋友共赏。记得有一次，不知他从何处弄来了梁成滢老先生为其母撰写的《母亲逝世三年除服致哀》一文，刻印了后，送我一份。我除欣赏他那工整、庄重、美观的方块字刻印技术而外，对梁老先生（我的姨父）追思其母养育之恩所抒发的悲恸深情感怀至深。此佳作，是我读过的最为优秀的篇目之一，但凡有幸得读者，无不为之潸然泪下。借着让哥的钢板刻印技术，方使我有幸拜读梁老先生的佳作，如若不然，多么遗憾。

让哥还爱好文学和绘画。让哥高中毕业后，因故没能上大学，接受国家高等教育，这是他一生的遗憾。为弥补这一遗憾，他把“社会大学”当作学堂，工作之余，到书店，到图书馆，买书借书，自学进修，孜孜不倦。在学习中，他边读边练，从小文章做起，不断充实，自我“充电”，积跬步成千里，进而有了较深的文学底蕴，先后著有《麻山揭秘》《盘江英烈》两本书。而后又受县文联所邀，编辑《大山情》一书。这是他一生勤奋和努力的结果。作为老弟的我，为他的成就深感自豪。

画画是让哥在诸多爱好中尤为爱好的一门。说到画画，他可以丢下饭不吃，专注于其中。他在乐元小学任教时，有人告诉他，董万村有一悬崖峭壁，十分险峻，其景美不胜收，而且崖下有一溶洞可容万人之众，如有画工将其画下，定是一幅难得的佳作。他听后心情激动，心里常想起此事，恨不能插翅飞去将其画下，但又想自己是学校的老师，学生的课不能误，只能等待机会。

事也凑巧，一个星期天，有一老师在街上买回一条鱼，煮得香喷喷的。开饭之际，那位老师对他说："韦老师，这鱼是谭龙村的船夫捕到拿来卖的，他们卖了就回家，我平时听你说想到董万村去写生，何不趁此机会搭他们的船，还可少走一段路。船就要开了，看你去还是不去，若是去，现在就得赶去江边找他们，不然就来不及了。"他听后喜出望外，一时高兴得不得了。然而他又想，一个人去未免孤单，尤其下了船还要走一段路，要是回来遇不上船，还得全程徒步而返，几个小时的路程，连个说话的人都没有，难免寂寞。于是他邀我做伴，跟他走一趟。

然而那锅烧得正滚烫的鱼，香味扑鼻，大家立马即可饱餐一顿。因此，当时我是极不情愿的，便对他说，那画画的事，不也就是想画什么就画什么而已，何须那样认真。又不像摄影，必须有真实原型，否则拍不了，画画是可以想象的，既是可想象，何须大老远地跑去？他听了后说："老弟，这你就不懂了。当然你刚才所言，也不无道理，但一个有成就的画匠，首先得熟悉生活，了解生活，其作品才充实，才富有生命力。就你所说的，想象并不是不可以，想象当然也是可以的，但想象毕竟是脱离实际的东西，必然有它的局限性，这样画出来的作品必定缺乏生动性和丰富性。所以画画也好，文学作品也罢，都需要有原型。以原型为基础，而后再加工，浓墨重彩，加以粉饰，让人一看，既有生活的原型，同时又有艺术的创造和发挥，作品就显得生动活泼，其艺术感染力就更强。这就是人们常说的‘源于生活，而又高于生活’。”经他这么一说，我被折服了。虽不情愿，但又不好推辞，只好依依不舍地放弃那锅即将到嘴的美味鱼儿，跟着他去。

到江边乘船逆水而上，一路以干粮代饭，经一个多小时的行程，抵达谭龙村，下船改走旱路，又走了将近两小时的路，终于到达目的地——董万村。到了董万村，只见那壁悬崖拔地而起，立于寨子边上。悬崖陡峭，巍巍耸立。那壁上呈现出淡黄色、乳白色、黑墨色等各种各样的色彩，可谓色彩斑斓，很是美丽。壁上长着稀疏可见、高矮不等的各种灌木，那些树木的枝叶随着阵阵风的吹拂相互击打，发出了阵阵悦耳之声，犹如动听的旋律，令人心旷神怡。悬崖下果然有一溶洞。洞中涌出一大股清水，往下游潺潺流淌，其水甘甜爽口。有位老乡向我们介绍说，洞内可容一万人之众。匪患猖獗时，附近的百姓常以它作为藏身之地，以避匪劫之灾。另外老乡还说，董万这一村名与此洞还有联系。董万村原本叫躲万村，因此洞能躲万人，故名“躲万村”。这名取了后，沿用了很长时间，直到中华人民共和国成立，红太阳照耀祖国大地，国泰民安，已经无匪患可躲了，是而人们才将“躲万村”改为如今的“董万村”。

老乡在介绍时很热情，还领我俩进洞观赏。到了洞里，景色可谓千奇百怪。那悬于洞顶往下垂吊的钟乳石千姿百态，各式各样，美极了。我俩跟着老乡往前走，约几分钟的路程，见有一块平台，有几个球场般大。平台下有一清澈得可照人影的深水潭，又是一处景致。眼前的美景使我情不自禁地赞叹，这莫不是大自然的鬼斧神工么，它是多么的美丽啊！出洞后，让哥拿出他的画夹，全神贯注，用心描摹勾画。在旁观望的我，看着他在画夹上一笔一笔地画，运笔自如，笔法流畅，把一个个景致勾画下来，不到一个小时的工夫，一幅酷似眼前景致的初稿就完成了。是时，围观的群众无不为他那娴熟的画功伸出大拇指，夸赞不已。

让哥对我说，这次写生算是到此为止，有了这个基础，回去慢慢加工，定是幅好作品。我俩即原路返程。到了江边谭龙村，盼望遇上船代步。哪知到了江边竟是空空如也，只有那江水滔滔东去，而不见半个人影。是时肚子又饿，腿也走痛了，心里着急。

恰好在此时，我俩看见距江边不远的一参天古榕树下，几个布依族老叟正在那里聊天。为打探船的消息，我们不顾徒步的劳顿，三步并作两步向那榕树走去。老叟见我俩到来，极为热情，招呼坐下（坐石凳子），并问我俩从何而来，要到何处去。于是，我俩即把我们是从董万村写生而来，现在要找只船去乐元的事告诉他们。听后，有一老叟告诉我俩说："我的儿子和几个船工一大早就驾船逆水而上，到白层码头装货，如果顺利，按时间估算，再有个把钟头即可回到这里，然后下乐元，晚上住在乐元，明天一早下岩架码头交货。倘若你们要去乐元，不妨在此小憩，待会儿船来了，我招呼他们靠岸，带你俩走就是了。"我俩听了一时心花怒放，高兴得像孩子得了红鸡蛋似的。

我俩心里踏实了，便坐下与几位长者攀谈聊天。其中有位就说：“中华人民共和国成立后，国泰民安，我们托共产党的福，安度晚年，没事时，常在此相聚闲聊，谈古说今。刚才我们在说当年红军长征路过我们村时的往事。”跟着又有位读书人模样的老先生说：“当年红军长征路过我们这里，从他们的外表看，是一支很辛苦的部队。他们穿着简易朴实，但对老百姓很好，他们到我们村时，群众都往山上躲了，寨上空无一人，家家户户的门都是锁起的，然而红军并不因此擅闯人家，而是露宿屋檐下和田坝里。”这位长者讲到红军时，让哥的兴趣来了，于是他对这位长者说：“阿公，你刚才说红军曾经来过你们这里，请你仔细讲讲，我来记录，把它整理成材料，留给子孙后代，宣传红军、歌颂红军，让红军精神世代传扬。”

老人听让哥说要把红军路过家乡的故事整理成文，传于后人，他的兴趣也来了。于是这位老先生捋着他那斑白的胡须，慢条斯理地述说：“1935 年，红军长征路过我们村时，那时我才 40 岁，正是年富力强，精力旺盛时期，记性也好，那时的事，至今还历历在目，记忆犹新。现在我就摆给你俩听。这话还得从头说起。我原是本村的学馆先生，当年红军在井冈山闹革命时，我们就听说红军的事了，但都是些国民党的反面宣传。我们听了这些反面宣传，就觉得害怕。一讲到红军，人们就谈虎色变，都很害怕。所以，不久后，听说红军已经进入我们县的坎边、播东等村时，就害怕，全寨子家家户户、男女老少早早地就跑到山上和溶洞里躲着。之后的一天，红军果然来了，他们来到我们村时，见寨上无人，并没有侵扰寨里，而是在田坝里烧火煮饭，在屋檐下过夜，丝毫不动老百姓的财产。这一切躲在山上的乡亲们全看在眼里。大家感到蹊跷，一时议论纷纷，国民党不是说红军是土匪吗？怎么人家的纪律是那样的严明，对老百姓的财物秋毫不犯，宁可露宿屋檐下，也不擅闯百姓门槛，恐怕国民党的宣传是假的。”

“大家疑惑不解时，有个胆大的人悄悄下山，走进寨里，几个红军战士看来了老乡，十分热情，还请他到田坝上一起进餐，饭后红军战士对他说：‘我们红军是共产党和毛主席领导的队伍，红军和穷人是一家，大家不用怕，我们长征北上，是去打日本鬼子，把他们赶出中国……’红军战士嘘寒问暖，十分亲切，使这位乡亲受了感动，同时也认识到，红军才是真正的穷人的队伍。这位乡亲即对红军战士说：‘红军兄弟们，我长这么大，所看到的军队中你们是最好的军队，是最爱护老百姓的队伍，如换成其他的军队，这一两天我们寨上即便不化成灰烬，怕是那些猪和鸡都被抢光了。我现在算是见识了，你们只管放心，我这就上山去，把乡亲们都叫回来，让大家见识见识，谁是好谁是坏，谁才是我们穷人的队伍。’说了即上山去。”

“这位乡亲到了山上，把他所见到的红军和红军对人民如何好，如何爱护，红军是专打日本侵略者，打土豪分田地，是专为劳苦大众谋幸福的好军队等情况向乡亲们说了。乡亲们听了，一时心情激动，都想一睹这支军队的真容，看看红军到底是支什么样的军队，一下都回了家。与此同时，有躲在溶洞的乡亲,他们也去通知,一下子全寨的人都回来了。乡亲的回归使红军倍受鼓舞,纷纷走进群众家,宣传红军的政策,鼓舞人们打倒土豪劣绅,打倒剥削阶级,打倒日本侵略者,人民才能翻身得解放。在宣传的同时,红军还帮老百姓打扫院落,劈柴挑水。与此同时乡亲们也纷纷拿出自己家里的红糖、甜酒等来招待红军。一时,军民鱼水情,和谐的场面分外感人。从此,乡亲们认识了红军,并把之当作自己的亲人和自己的队伍。所以,当红军渡北盘江需要大量的竹木做浮桥时,我们村(谭龙村)、者坪村、管州村等村寨的群众全力支持。乡亲们有的扛斧头,有的拿柴刀,砍竹伐树,拆去门板,运往江边。几个钟头的时间,一座六尺宽、一百多米长、军民合力共建的浮桥就建成了,红军顺利渡江,往贞丰、册亨进发。红军渡江时,除帮助架桥的群众以外,周边邻近村寨的乡亲们都纷纷前来欢送红军,依依不舍。”

这位长者讲到此时,船也到了。原先那位长者呼喊船靠岸,我俩即向几位老人鞠躬道别,乘船下乐元。到乐元的当晚,虽然很累,但我俩此行所得的收获,是任何东西都不可比拟的。到了乐元以后,让哥在教学之余,将采风所得的素描,反复加工修改,一张张,画了又画,几易其稿,画完后征求朋友的意见,得到好的意见又修改,前后画了几十张,直至满意为止。果然皇天不负苦人心,最终,一幅既有生活原型,同时又有艺术色彩、栩栩如生的画作展现于世人眼前。他成功了。这幅画,有幸一睹的朋友都赞不绝口。是年年底,此画参加望谟县举办的画展时,以它独有的魅力位居榜首,获得了特等奖。让哥的艺术天赋得到了大家的认可,他倍受鼓舞。

让哥了却他写生夙愿的同时,我俩有幸聆听谭龙村的长者述说红军长征路过谭龙村与人民共患难渡江(北盘江)北上的动人故事,感受到发自内心的愉快。让哥回来后,在整理红军长征路过谭龙村这段史料时,有很深的感触。红军是文明之师,他们是那样的热爱祖国、热爱人民。所以自此以后,他对党更加崇敬,因而在工作中和平时的生活里,处处严格要求自己,要求进步,积极上进,争取加入党组织。而后经党组织考查,成为一名光荣的共产党员,实现了他的理想和愿望。他更加努力工作,把心交给党,把力量献给人民,尽力于党的事业,在为人民服务的征程上贡献了毕生心血。

如今让哥走了,离我们而去,使我这个既是他的小老弟,同时又是朝夕相处的挚友感到万分悲恸。让哥没有让人羡慕的文凭,但他一生著有《麻山揭秘》《盘江英烈》两部作品,编辑了《大山情》,创作了多幅优秀的字、画,同时还懂得吹拉弹唱、钢板刻印等十八般“武艺”,这些成就的取得,全是他在三尺讲台上勤勉工作的同时,利用业余时间苦读、苦学,锲而不舍,百般磨炼的结果。他的逝世使望谟县失去了一个文化人,失去了一个活跃于县文坛的好同志。让我们以十分沉痛的心情,怀念他,追思他……

让哥安息吧!

悼念缪大伯

缪大伯是我只听说过而未曾谋面的一位长辈。我与他老人家虽未见过面,但对于他的身世,和他热爱工作、甘当人民孺子牛的优秀事迹并不陌生。我常在他的女婿、我的挚友那托绪那里听到他的故事。自从听了那托绪讲他的故事,我就想找机会,拜访这位受人尊敬和爱戴的长者。然而,由于琐事缠身,一直没机会,颇为遗憾。这将是我终生难以挽回的一大遗憾。

话还得从2011年9月24日说起。这天是星期天,午饭后,我上床想美美地睡个午觉,颐养身心。孰料,刚要睡着,手机突然响起,把我吵醒,我极不高兴地起来接电话,来电的并非别人,正是我那朝夕相处的好友那托绪。我埋怨他说:“我俩是至交,你竟不了解我的习惯,我是个少不了睡午觉的人,且又神经衰弱,瞌睡一被吵醒,再睡就很难,今天你算是打断我的好梦了。”那托绪听了我的埋怨,急忙解释说:“老哥,我并非不知你的习惯,而是情况特殊,我是不得已而为之，真不好意思，还望你见谅。”我听了立即打断他问究竟是什么事。他说：“在几分钟之前，我接到爱人的电话，说我的岳父已撒手人寰了。我爱人刚才在来电中专门提及，叫我找个人为岳父写挽联和祭文。我想来想去，这事还得请你。你在这方面，不说是轻车熟路，最起码也是个在行的人。”

他给我戴高帽子，我却犯难了，心里想，挽联是非常讲究的，除平仄而外，还讲究对仗工整，要求非常之严谨。再说祭文的事，同样也是个难题。若说写生平介绍，不外乎是写死者何年何月何日生，何年何月何日死，享年多少岁，什么地方人，哪年参加工作，有哪些工作经历，最后写个评价，然后写几句表示哀思的话，就算完事。然而祭文就不同了，除了介绍死者生平简历外，还得叙述死者养育子女的辛劳和子女哀恸的心声，更难的是，最好用文言文写，夹叙夹议，方使文章富有感染力，催人泪下。好友请我写祭文，我答应也不是，不答应也不是，相当为难。你说答应吧，自己就那么一点点墨水，弄不好要被人笑，你说不答应吧，人家先就给戴上“你是在行人”这么个高帽子，更何况又是好友情急之下的委托，真可谓左右为难。后经一番思想斗争，盛情难却，终于硬着头皮应承下来。

我接受了任务，倏地从床上起来，打车往他家去，那里已聚有好些朋友。我下车与他们打招呼后即和那托绪往他岳父家去。

那托绪岳父家住合情县城里，有 3 个小时的车程，我们上车后，那托绪一路提速前进，抵达合情县仅用了两个半小时。下车后我们步入缪大伯的灵堂，见孝眷披麻戴孝，叩拜于灵柩前，哭喊亲人，悲声阵阵好不凄凉，令人心痛。

我们离开了灵堂，到庭院稍作小憩，由缪大伯的长子缪晓吉向我们介绍其父的生平。他说："我父亲今年93岁。他在人世的90多个春秋里，饱受沧桑，其苦，言所难状。老人家14岁丧父，母亲改嫁，他却被赶出来，孤苦伶仃，浪迹社会，过着颠沛流离的生活。不久国民党抓壮丁，父亲便当兵去了。到部队不久后便离开，参加中国人民解放军。后来转业回地方，回到阔别多年的家乡，参加社会主义建设，从事金融工作，直至走完人生路。父亲在人民军队里，怀着对日本侵略者、国民党反动派的满腔仇恨，手握钢枪，参加了数以百计的战斗。在战场上英勇杀敌，多次立功受奖。他的身上至今还留着伤疤。他是个胸挂勋章，为人民建功立业的光荣军人。转业地方从事金融工作，几十年如一日，兢兢业业，为社会主义建设竭尽力量。他思想端正，廉洁奉公，天天和钱打交道，却不贪不占，从不乱拿国家一分钱。我们家人多，仅姊妹就七人，加上他和母亲共九口人，全家人就靠他的那点工资维系，生活非常艰辛。面对艰难的生活他从不叫苦，而且还时常教育我们说：'目前家里生活虽然困苦，但再苦也没有红军长征过草地时吃树皮草根苦，你们几姊妹要自尊自爱，不要拿人家的东西，不得占他人的财物，要正派做人，困难是可以克服的。'父亲以革命的光荣传统教育子女，使我们从小受到良好的教育，受益匪浅。我们几姊妹秉承他的教导，从小到大，直至成家立业，以他为榜样，诚实做人，做对社会有用的人……"

听了缪大哥的介绍，我为缪大伯一生投身革命，劳苦功高，和他那淳朴善良的品德而感动，敬佩不已。缪大哥介绍完毕，我想，像缪大伯这样一位老革命、老同志，既曾经历一段戎马生涯，同时又是社会主义的建设者，在繁忙的工作中，又不曾忘记对下一代的关心和教育，他的一生每走一步，都有闪光点，这篇祭文，该如何写才能展示他的功劳与业绩，以达到颂扬和追思的目的，同时又能感动读者，使之成为人们学习的榜样，这实在是颇费心思。我搜肠刮肚，冥思苦想，终于写成了换联和祭文。

挽联：

风华时年从戎战倭寇逐蒋帮建功勋，

气旺正岁转乡务金融为民众献终生。

祭文：

至深者亲恩，至痛者失亲。四男三女哭声震瓦，悲声阵阵，泪洒金秋，长男缪晓吉率合家孝属等，谨以糖食果品，时馐不腆之仪，敬祭奠于此。

新逝缪公生于 1919 年农历正月，殁于 2011 年 9 月 24 日，享年 93 岁，享受离休待遇。

忆起吾父，少年迫于生活所逼，离家当兵，不甘受反动军队的凌辱，倒戈回到人民怀抱，参加中国人民解放军，在党的领导下，紧握手中枪，与战友并肩转战南北，奋勇杀敌，战倭寇，打蒋帮，在战场上数度受伤不下火线，英勇顽强，为民建立功勋。在建设社会主义的岁月里，工作勤奋，兢兢业业，任劳任怨，不讲得失，数十年如一日，甘当人民孺子牛，哪里有困难往哪里去，哪里需要往哪里走。热心工作，热爱祖国，热爱社会主义，拥护党的领导，是人中之楷模。吾父的优良风范，当为儿孙效也。

忆起吾父对子女的教诲和养育之恩，俾子女感念难忘。值三年困难时期，家中的生活处于窘境时，吾父总是抖擞精神，以微薄的工资收入，克勤克俭，维系生活，且时常教育子女说，目下我们生活虽然困难，但尔等不得行歪门邪道之事，困难是可以克服的，要正派做人。吾父的谆谆教诲使子女得以健康成长。吾父所教导，至今言犹在耳，诸子女将永远镌刻心中。诸子女成家立业，各敬其业，为国家、为社会各尽其力，此为告慰吾父矣。吾父啊！国家改革开放政策好，国富民强，日子好转，人民生活犹似芝麻开花节节高。值兹盛世，盼与吾父共睹清平之乐，同享天伦之佳趣，俾子女得以晨昏侍奉，以报吾父养育之深恩于万一也。孰料吾父竟一病不起，医药罔效，与世长辞。

嗟呼！树欲静而风不止，子欲养而亲不待。入夜牛马归栏圈，不见吾父转回乡，从今而后要见吾父，除非梦里来重逢。吾父啊！每年9月24日，这个不幸和可怕的日子，叫子女们如何度过。吾父啊！诉不尽的痛苦，道不完的悲哀，诸子女泪珠如雨，恸呼我亲人。今当灵车将驾，举家堂前祭奠致哀，虔敬三杯，聊表永诀，无限凄切。

敬请安息，全家哀挽。

我接受那托绪交给的任务，写挽联和祭文，到此算完成了，但究其质量如何，能否表达缪大伯一生奋勇杀敌、勤奋工作和养育子女之辛苦，连我自己都未尝说得清。然而，我是竭尽全力的，即使留下笑柄，能为朋友尽力，亦属欣慰。

布依孺人杨荣莉

提起兴义市桔山街道新场社区的杨荣莉这位布依女性，如果你读过2008年7月7日《黔西南日报》刊登的《桔山一农妇购28床布依床单捐给北川中学》一文，也许会有所了解。她胸襟开阔，心地善良，在家中她孝敬公婆，是当家的一把好手，在村中她团结邻里，乐于助人，是四里八乡有口皆碑的贤达女性。

笔者曾采访她，以拙笔记录整理以飨读者。

闻悉四川大地震　发动乡邻解囊捐

2008年5月12日，四川汶川发生地震。杨荣莉在电视上得悉这一惊天动地的消息后，心里想，受难的同胞们是多么希望得到温暖和慰藉。她如坐针毡，说什么也按捺不住急切的心情，关上电视，到社区干部家汇报，说四川发生了大地震，灾情惨烈，灾民需要帮助，我们这里是否先行动，搞个捐献活动，表示我们桔山人的心意，让他们得以安慰。社区干部听了她的汇报，被她感动，于是决定第二天下午在新场学校开展捐献活动。

向社区干部汇报后，她又不放心，生怕有的村民没有看电视，不知道四川灾情，于是第二天上午，她与村委会的 5 位同志撑着雨伞，冒着雨走了 140 余户人家，挨家挨户地宣传动员。由于宣传工作做得扎实，第二天下午，还没有到指定开会的时间，村民们就已聚拢在新场小学校园，焦急地等待着。捐献开始，村民们争先恐后地将自己平时省吃俭用的钱捐出来。不到两个小时，捐款竟达 28000 余元，而杨荣莉本人除捐献现金 500 元外，还单独拿出一部分钱购买了 28 床具有地方特色的布依族床单捐给北川中学。

白手起家　勤劳致富

1985 年杨荣莉与兴义市桔山街道新场社区四组的查连义结为连理，时值改革开放之初，家里较贫困，一家人仅靠 1.1 亩责任地维系生计。为维持生活，供孩子上学读书，杨荣莉丈夫给人打工，她在家打理田里的庄稼活，尽管很辛苦，但仍入不敷出。在困境中，他们见家门口集贸市场上每天都有几十车芭蕉芋上市出售，夫妻俩有了想法，于是他们合计一番，决定开办粉丝加工厂，开辟家庭收入新路子。但办厂资金从何而来，这又犯愁了。最后他们决定，既然看准了，决心下了就不能动摇，遂决定向银行贷款。向银行贷款不仅要办繁杂的手续，更主要是要请人担保。面对这一难题，夫妻俩商量，决定分头找亲戚朋友帮忙，最后在银行贷了 3 万元。

为盘活有限的资金，把厂建成，他们不辞辛苦，把资金全部投在购买设备和请人安装上，所有杂活凡是自己能动手做的就自己做，如制作空心砖、砌厂房、立粉丝晒架等都是自己干。女的拌浆，男的砌墙，男的粉墙，女的挑砂，默契配合，经过夫妻俩的努力，他们家的粉丝厂建成了。

厂建成后，最初的1996年和1997年，尽管每年生产5万千克粉丝，但因规模小以及其他市场因素而亏本，给夫妻俩当头一棒。虽是如此，但他们并不气馁，迎难而上，相信自己的事业一定会成功。于是他们认真总结，研究市场，决定打开省外市场，继续贷款，扩大生产规模。功夫不负有心人，1998年生产的15万千克粉丝，销往昆明、重庆、贵阳，当年实现利润5万元。可喜的利润，激发他们继续前进，以后的每年，在平均年生产15万千克的基础上增加5万千克，全销往省外，年平均收入7万元以上。现在他们家有房、有厂、有摩托车，还有电视机、电冰箱等，大人小孩都有手机，算是富有之家了。与此同时，办厂多年，还为村里解决了10多人的就业问题。

身居闹市　不忘后家之事

杨荣莉出生在兴仁县雨樟镇格沙屯村扯茨组的一个布依山庄。扯茨组90多户人家依山傍水，一条清澈碧绿的河从村中流过。村中有四位名人捐资合建的古凉亭高高耸立，更有一条街名曰杨家街，是人们茶余饭后休闲聚会、谈天说笑的场所，同时也是寨中老年人抚琴唱歌的好去处。这里不知从何时起就置有6块石板，供人们休息。这几块石板都被人坐得光滑了，所以大家十分珍惜和爱护。然而在"十年浩劫”中毁了几块,此后又被村中一些玩世不恭的小混混毁坏,六块古石板荡然无存。这一损失,让老人悲哀,小孩可惜。杨荣莉每次回娘家听到老人们的哀叹声,如针刺般痛心。她毅然作出决定,拿了2000多元钱,购水泥制成10块水泥板,除两块用于古凉亭外,余下8块按原位安在杨家街道旁,然后从城里买了一些彩色地板砖铺设装饰,村里老人小孩皆大欢喜。自此以后,曾经清静一时的聚会娱乐场所又活跃起来,山歌声、胡琴声此起彼伏,活跃了整个山庄。

杨荣莉现已步入不惑之年。她不到20岁时,从兴仁县老家嫁到了兴义市,那时的她和千千万万年轻人一样,天真烂漫,有憧憬,有理想,有抱负,凭着她执着的精神和勤劳的双手创业致富。她担任新场社区四组妇女组长后,显得更加成熟,更加干练。兴义市桔山街道新场社区的党支部给她这样一个评语:在街坊邻居眼中,她是比远亲更亲的热情近亲;在人民群众的眼中,她是一个认真负责的优秀基层群众代表;在家人眼里,她是吃苦耐劳、尊老爱幼的好媳妇、好妻子、好母亲;在北川中学学生的眼里,她是慈善的好阿姨。

注:此稿刊于黔西南布依族苗族自治州《人大工作》2009年总第91期

死不瞑目

20 世纪 70 年代，双河县城宝贵路 147 号一伍姓人家死了儿媳。儿媳落气后，家人将其遗体停于堂屋中央的一块门板上。死者头包黑纱帕，身盖一块雪白布单，静静地躺在门板上，等候时辰装棺。家人照习俗作了许多安排。然而死去的儿媳，她的那双眼睛，由你怎么抹，总是闭不起，可谓死不瞑目。话还得从她爹爹伍失德那里讲起。

伍失德的祖父伍正仁年轻时，借助家住县城街面的优势，开了一个小商铺，专营油盐酱醋一类小买卖。他所经营的小本生意，虽不起眼，但他德行好，不仅热情，而且童叟无欺，凡到他店来买东西的人，不管什么人，一律同等对待，从不短斤少两。给客人打酱油，他那提子从不偏斜，总是打得满满的，顾客十分满意。因此，他的生意做得红红火火。有一年春节，他请先生写了一副对联贴在店铺门前。对联曰：虽是毫末小生意，却是服务一片心。横批：热情诚信。自打对联贴出后，过往的人无不留心。他诚信经营，名声早在外，何况现又有对联渲染，一时名声大振。全城有半个城的人家都来买他家的油盐酱醋，生意更是红火，不说是日进斗金，至少也是财源滚滚。

随着生意的兴隆和资金的不断积累，伍正仁斥资购买了一处田产，事业越做越大，成了双河县城首富。在生意兴隆的同时，是年他又为膝下的独子伍松开婚配成亲。事业顺利，儿媳过门，伍正仁心满意足。然而在他正得意时，不料次年仲秋时节，当他看到呱呱坠地的可爱孙子伍失德的第二个月，心脏病突发，医治无效，撒手人寰。

父亲跟母亲去了之后（母亲前年故去），家中就只有伍松开和妻子梁心冰及正在哺乳中的儿子伍失德。父母虽作古而去，但父母留下的那份不薄的产业，只要伍松开好生经营，这个家是有希望的。谁知他是个败家子，不务正业。小时候，父母叫他读书，他每天和同学一道出门，到半路竟玩去了，待他玩够，算算时间差不多了，就到路边来，等着同学一道回家，糊弄父母。久而久之，被父亲察觉，看他不是个读书的材料，干脆不要他上学，留在家学做生意。叫他做生意他又坐不住，有时顾客来买东西，找不到人，影响生意。父亲拿他没办法，遂随他的便，懒得管他。父亲在时，他慑于父亲的威严，不致放荡乱来，现在父亲走了，他简直就像一匹脱缰的野马，想干啥就干啥，为所欲为，放下家业不顾，居然与街市中的地痞流氓为伍，吃喝嫖赌，抽大烟，赌输了回家找妻子要钱，妻子不给就打，搅得一家鸡飞狗跳，真是家无宁日。之后抽大烟缺钱，妻子不给，他竟然背着妻子，把田里的庄稼卖了。卖庄稼的钱吃完了，他一不做二不休，干脆把田地卖了。他的所作所为，让妻子心灰意冷，看他不是个值得托付终身的人，一气之下，与他离婚，弃他而去。一个好端端的家，竟被他搅得支离破碎，家不成家。

妻子离去后不久，中华人民共和国成立。此时，家里就只有他和不满 10 周岁的儿子伍失德。伍失德自失去母亲后，无人管束，一天就和街上那些地痞混在一起，偷鸡摸狗，打群架，偷不着就抢。有一天，他和几个人在一条僻静的巷子里玩耍，看见迎面有一大妈用手推车推着几笼热气腾腾的包子过来，便堵住人家的路，迫使大妈把车停下，抢走人家一笼包子，扬长而去。人家将此事告到派出所，派出所的人逮他们几个到所里，经盘问，伍失德是领头的。派出所念他未成年，宽宥他，令其带路回家，拟向其家长说明缘由，赔人家大妈的包子便了事。哪知到了他家，一贫如洗不说，更有他那抽大烟的父亲伍松开，面黄肌瘦，躺在床上，奄奄一息，看那样子，已是不久于人世。派出所的人拿他无法，把他带回，向大妈说明情况，而后叫他当着大妈的面承认错误，求谅解了事。事虽了结，然却苦了大妈，白白损失一笼包子，以她那小本生意，不知又要劳碌多少个白天黑夜才补得回来。

不久，伍失德的父亲死去，他成了无依无靠的孤儿，政府关心他，把他送到孤儿院读书学习。1958 年，政府安排他到县农机厂当工人。到农机厂的第二年他与同车间的一女工简举玉结婚成家，小两口托党和政府的福，在社会主义阳光沐浴下，过着美满幸福的生活。日月如梭，一晃两年光阴过去，小两口欢天喜地迎来了长女伍仙翠降生落地，家里添了小宝宝，生活更为充实快乐。接着几年，又先后生了次女伍仙莲和三女伍仙梅。

当年浪迹社会的伍失德，自从得到党和政府的关怀照顾，事事顺利，不仅有了工作，还当上了一家五口的家长，按理说他应倍加珍惜才是。哪知重男轻女的他，抱着“无后为大”的封建残余思想不放，一年365天，时时刻刻愤愤不平。在不良思想的作祟下，心里失衡，在家里经常无故发火。每次发火要么就骂孩子，要么就打老婆，拿家人出气。尤为可恶的是，有一次他在外边和朋友喝酒，深夜回家就打老婆。且打且骂：“你这女人，怎么只会给我生些泼出去的水，你就不会生个带把的，让我伍家有后……”他狠打狠骂，爱人叫苦不迭，惊动了邻里。第二天，伍失德打老婆的事不胫而走，全城议论纷纷。人们指责他，骂他荒唐。更有的说，他父亲伍松开虽为败家子，也只是糟蹋祖上的家业罢了，而他竟如此没有人性，非但丢他个人的脸，连双河县人的脸都被他丢尽。他的愚昧之举，与他父亲比较，有过之而无不及，真是有其父必有其子。

然而，事也有点怪，伍失德的爱人被打后的第二年，居然给他生了个儿子。儿子生下后，他一天沾沾自喜，竟然恬不知耻地吹牛说：“老子要是不打老婆，哪里来的儿子。”然而，天有不测风云。孩子洗澡感冒，导致脑膜炎，经治疗，小命算是保住了，但却落下了痴呆症。这一来，儿子治病要花钱，再加上家庭人口多，生活负担更重。他一天愁眉不展，闷闷不乐。在陷入窘境的情况下，他的老毛病又犯了。晚上偷偷摸摸，偷了厂里16型号钢材，潜回家中，加工成铁条，卖给人作窗条用，而后又偷厂里的电话机（手摇电话）下河电鱼卖钱。他的这两招可是灵了，一下解决了家里的不少困难。但要使人不知，除非己莫为。之后，随着厂里钢材的不断缺失和他常常无故旷工，同时又有人多次见他在街市卖鱼，人们就开始注意他。有一天他在家，点着铁条根数，正准备与人成交时，被厂保安逮了个正着，让他扛着赃物到厂部交代。在事实面前，他无可抵赖，只好将自己如何偷钢材卖钱和偷电话机下河电鱼的事一一作了交代，承认错误。而后厂里按他所偷钢材量和电话机算成钱，在他每月的工资中扣抵，并召开全厂职工大会批斗他。

伍失德的劣迹败露后，他成了众矢之的，以后每逢县里开展运动都拿他来批斗。尤其"文化大革命"初期时，斗得更惨。红卫兵拿他当牛鬼蛇神，勒令他扛一捆几十斤重的钢材，并在脖子上挂着一部电话机，游街示众。勒令他边走边喊"我是小偷，我偷钢材，偷电话机，拿电话机电鱼，破坏生态"。

以后随着"文化大革命"的纵深发展，他摇身一变，加入造反派组织，大搞报复，使劲斗党员，斗老干部，打砸抢无恶不作。他窃取厂领导权，当上厂革委会主任，坐上了第一把交椅。他当革委会主任后，上级号召抓革命，促生产，他当成耳边风，不予理睬，只顾搞他的"革命"。在厂里拉帮结伙，顺我者昌，逆我者亡。对不同派性的人，大肆凌辱，动不动就以莫须有的罪名斗人批人，把整个厂搞得人心惶惶，苦不堪言。由于他的所作所为，生产上不去，坐吃国家贷款，财务出现赤字，明显亏损。但胆大包天的他，竟然让财务人员造假报表，颠倒黑白,把亏说成盈,欺骗上级。上级被他蒙骗了不说,还为他邀功请赏,进而居然当上了多年的“劳模”,一时成了“誉”响四方的企业领导人,进而升任县工业局局长。官运亨通的他,主持一县工业工作,大权在握,更是胡作非为,吃拿卡要是他的一贯所为。然而他也有苦不堪言的事,这事可说是他长期以来的一块心病。这块心病常常使他愁眉不展,每次想起,他就会痛心疾首。这便是他膝下,那个所谓传宗接代的宝贝儿子伍实空,到了结婚年龄,仍在打光棍。为此事,他几次请媒人帮忙,均因儿子有病而不成功。所以,他的心里很着急。

正当他心里着急此事时,县里迎来三秋生产(秋收、秋种、秋粮入库)工作。县里为推进此项工作的开展,在县直机关抽调部分科局干部和职工,组成工作队,下农村督促工作。他被抽调,并当上队长,带着两个队员到树木乡的田园村驻村协助工作。

他们到田园村住在一姓迟的人家。这家人的户主叫迟忠达,是村里的会计,迟的妻子叫林木芝,他夫妇俩有个儿子,名唤迟今天。迟忠达还有个豆蔻年华的妹妹迟小兰,一家四口人。迟家在村里虽不算富有人家,但也算过得去。更主要是迟忠达本人性格温和,忠厚老实,为人正派,做事认真讲原则。由于他有这么些优点,同时又有文化,所以,在村里推选会计员时,群众就选他。他当村里的会计已是10多年了,每年的账都记得一清二楚,群众满意,村干部满意,所以大家舍不得换掉他。他的这些优点,不仅本村群众公认,连乡里的领导也公认。所以,在乡里举办的村级会计培训会上，他还得过表扬。但他的毛病是惧内，凡家里的大小事均由老婆主张，老婆说了算。但凡家里有不顺心的事，老婆随便发几句牢骚，他都会发抖。也因此，被村里人给他取个绰号，叫“懦会计”，以此奚落他。人家奚落，他也不在乎。但他的懦弱，却苦了妹妹迟小兰。

迟忠达和迟小兰的父母在迟忠达成婚后的第二年就相继去世。那时迟小兰读小学四年级，嫂嫂林木芝以家里无人带小孩为由，叫她弃学回家带侄子迟今天。父母故去后，长兄为父，长嫂为母。嫂嫂的决定她不敢不服从，只好忍着泪水，回学校，收拾书本，背起书包，与老师、同学告别，依依不舍地离开学校。

辍学回家的迟小兰，每天除带侄子外，还要烧水煮饭、洗衣服、砍猪菜等，一家人的家务事，她一肩挑。繁重的家务事由一个年仅十来岁的小姑娘独立承担，可说是够辛苦够劳累的了，然而，嫂嫂还不满意，晚间还要她做女红。夜深偶尔打瞌睡还要挨打被骂，苦死了。迟小兰16岁时，侄子迟今天已上学了，嫂嫂即叫她参加集体生产挣工分。工分是挣到了，然而年底分红时，家里分到的钱，嫂嫂全收走，她从不见一分一文。尽管这样，哥哥却从不敢为她说句话。她在这个家，也只不过是个有碗饭吃，听人使唤，不问报酬，吃苦的用人罢了。当她正处于困境时，三秋生产工作队住进她家，他们目睹她的境况，同情她，可怜她，尤其伍失德动了恻隐之心。然而伍之所以动恻隐之心，是因为打着另外的算盘。他的算盘是想乘人之危诱骗她，娶做自己的儿媳，去当他那傻儿的老婆。

一天，伍失德的两个工作队员因事回县里，迟小兰的哥哥、嫂嫂又已出工，家里就只剩因感冒而请假的迟小兰一人。伍失德抓住机会，直截了当地对迟小兰说："迟小妹，我看你在农村很辛苦，尤其在家，你嫂嫂不把你当人，百般虐待你，我们到你家这么久，看在眼里，疼在心上，但也无从帮你，现在我倒有个办法可帮你，就看你愿不愿意。我有个儿子叫伍实空，年龄和你不相上下，尚未成家，我想把你娶做儿媳，如果你愿意，进城后我帮你办农转非户口，安排你到工厂当工人，那时，你就可以走出农村，离开苦境，自由自在地享受城里生活，现在就看你的意见了。"

迟小兰听了伍失德的一席话，思绪万千。想起自父母离去后，哥哥虽疼自己，但他主张不了这个家，全由嫂嫂说了算，嫂嫂又是个自私自利、专横跋扈的人，先是逼自己辍学，让自己失去学习机会，回家带侄子，肩挑一家人繁重的家务事，而后又强迫自己参加集体生产挣工分。工分挣到了，自己却得不到分文，好在母亲过世时留下点旧衣服，自己大改小方得维持。想想这些，她不禁凄然泪下。转而她又想，现伍局长不嫌弃，想纳自己一个农村姑娘做儿媳，倘若他是真心的，该是天佑我了。跟着她又想，伍局长是一局之长，在县里是个有身份的人，按理说娶个合适的儿媳是毫不费力的事，为何放弃城里那些知书达理、亭亭玉立的姑娘不要，居然舍近求远，来娶自己这样一个小学尚未毕业，没多少文化，且又落魄的村姑，这又是何道理呢？莫不是他儿子是个捣蛋鬼、不争气，或是身体有缺陷的人不成？她百思不得其解，不寒而栗，所以没有正面回答伍失德，只是含糊其词地说了句看看再说,便羞涩地离开了。

迟小兰的一句话,按伍失德的理解是,一个姑娘家,要人家立刻表白心迹,那是不可能的,尤其农村的姑娘更是如此。她没有反对就算不错了。看她那样子,怕还得由哥哥和嫂嫂为其做主。于是他蛮有把握地寻找机会,做她哥嫂的思想工作。一个赶场休息日,迟小兰和村里的姑娘们赶场去了,家里就哥嫂两人,伍失德抓住机会,把他的想法向迟忠达和林木芝谈及。夫妇俩听了伍失德所言,迟忠达的想法和妹妹大体相同,觉得一个城里的小伙,父亲是个当官的,放着城里那么多漂亮姑娘不要,来娶个农村妹子,这又为何呢?迟忠达心里置疑,只是不便开口而已。

然而他那快嘴的老婆林木芝先就开口说:"伍局长,你的想法我是赞同的,妹妹也不小了,该是成家的时候了,她能有个归宿,我们也放心,这是求之不得的事。但我们得先讲清,我的公婆死得早,妹妹从小跟着我们长大,我们没有教育好她,很多规矩都不懂,到城里当你儿媳,怕会给你丢脸,你可要考虑好啊!不然到时木已成舟,你再把她送回来,不仅我们脸上无光,对你也不是件好事,你要好生考虑。一旦你考虑好,作出决定,就得按我们农村的规矩办,先得安排媒人到家提亲,以示这门亲事已说定了。媒人来时,要带两只公鸡、二十斤肉、一筐糍粑,这边我们请寨上的一些至亲老人来家里吃顿饭,让大家知道这事。提完亲跟着就办订婚酒。订婚酒按我们这里的说法,是仅次于正酒的一次酒,所以要办得稍微隆重些。这次你就得安排一头百来斤重的猪和十只公鸡。糍粑要一挑,还有'母难'钱(有的地方叫彩礼钱)。母难钱分16000元、22000元、28000元三种,任你选其中一种,用红纸包好,送过来。寨上凡沾亲带故的人都得来,所以说订婚酒是仅次于正酒的一次酒呢。第三次是正酒。也就是最后的一次酒。这三次酒,按我们地方的说法叫作婚事‘三道坎’。这三道坎都过了,人就是你们家的了。这次正酒,你得安排三百斤以上的猪两头,糍粑两挑,水酒500斤。其次,姑爷来接亲时,姑爷和傧相要骑高头大马,姑爷要挂红,在唢呐的吹奏声中,一路风风光光进寨子。进寨门时,要放两串鞭炮,以告众人,新郎官已到,大家好去看热闹。还有新娘要坐花轿到你家,这都得安排好。"

她讲到此时,看了伍失德一眼,跟着说:"我们地方的规矩就这么多。所以,在平时,人们就有个‘农村姑娘平时看起不咋样,但在嫁时就值钱了’的说法。"她讲完后,伍失德看了迟忠达一眼。迟忠达会意他的意思,发话说:"刚才我妻子已说了许多,我就不说了,我的意见是不忙,终身大事不得草率,隔山买羊的事,到时后悔都来不及。"迟忠达不紧不慢地说了这么一句话,给了兴致勃勃的伍失德当头一棒,他一时陷于茫然之中。这次说亲,至此告一段落。

当天晚饭后,伍失德一人躺在床上,慢慢品味白天与迟家两口子提亲的事。林木芝满口答应不说,连怎么办酒都讲得一清二楚,说明她是很乐意的,但她老公话虽不多,然其间的含意,令人难以揣测。他说"不忙,终身大事不得草率,隔山买羊的事,到时后悔都来不及",说明他还有别的想法,而且,在疑虑未打消之前,他是不轻易表态的。那么他的想法又是什么呢?无非是要查访我家和我儿的底细罢了。如说要查家庭底细倒也无妨，反正我家两口子和三个姑娘都有工作，我又是个当官的，这样的家庭他去哪里找，不说你攀高枝就算好了。但要说查儿子那就糟了。自己那傻儿子，在城里，人家知根知底不说，还当笑话来讲，这样的人要在城里找个媳妇，怕比登天还要难，现老天爷让自己认识迟小兰，也算是个机会。迟小兰虽说是农村人，但人长得不错，聪明伶俐，且又能干。能说得成，娶到城里，给儿子做媳妇，再好好打扮一番，也不致逊色到哪里，何况她目前身陷苦海，寻找解脱都来不及，只要略施小计，不怕不到手，想来想去，觉得蛮有把握的。可那天找她谈，并许诺帮她办农转非户口和安排工作，她竟来个“看看再说”，似乎并不动心。她哥哥也同样，还要摸清底细再说，这岂不是不好办？他越想越不是滋味，觉得农村人也并非省油的灯，不像自己所想象的，只要施点小计便可那样简单。他觉得迟家两兄妹不好对付，便打算放弃了。他有些摇摆不定，但又不甘心，心想这事不等于一点希望没有，比如说林木芝就赞成，说明还有一线希望。既然林木芝是赞成的，何不在她身上打开突破口呢？争取她的支持，不是有希望了吗？经认真分析，他决定在林木芝身上下手。林木芝是答应了的，而且这人有点贪，只要自己答应她的条件，什么鸡也好，猪也罢，还有张口就要的上万元彩礼，不怕她不使劲。何况迟忠达又是个惧内的，只要把林木芝搞定，就等于搞定她的老公。把他夫妇俩都搞定，不怕你迟小兰不依。

经他这么一想，蔫了气的他，一下又振作起来，且雄心勃勃，大有不达目的不罢休之势。他调整思路，每次进城回到迟家，都要给林木芝本人和她的小孩迟今天带东西，送礼物，施以小恩小惠，尽力讨好和买通林木芝。

忠厚老实且不善言谈的迟忠达，自那天伍失德与他夫妇俩谈及妹妹的婚事，就起了疑心，现在姓伍的又不惜破费，频繁给家里送东西，他心里更烦。他觉得姓伍的来者不善，其中必有隐情。于是，为对妹妹负责，有一天，趁集体安排他到县财政局办理农业税结算的机会，他抽空到在县农机厂工作的至亲表哥杨卫国家小坐，顺便了解此事。当他提起此事时，他表哥就一个劲地摇头说："表弟此事干不得，他那儿子曾经患过脑膜炎，有痴呆症。一天在家呆头呆脑的，见生人要么笑要么哭，是个不体统的废人。幸好你来问，不然就得误我表妹一辈子了，这事你可不能答应啊！"

迟忠达听了老表的话，恍然大悟，哦的一声说："原来如此，我就说嘛，他一个局长要娶儿媳，城里那么多姑娘他不要，偏到山村去娶个村姑，我就感到蹊跷，原来是这么回事，现在我明白了。表哥，你放心，这事我是不会同意的。"两人又聊了一些家常，迟忠达向表哥告辞，回到旅馆休息。

第二天回到家，他把在县里打听到的情况向老婆和妹妹说了，还专门叮嘱，以后那姓伍的再来，不管他送什么东西都不能收，不要落个吃人嘴软、拿人手短，让自己难堪。跟着他又对迟小兰说："妹妹你要顶得住，不要乱表态，要稳住，一旦轻率就害了你自己，哥哥我是为你好。"妹妹迟小兰表示一定听哥哥的话，决不答应。然而那贪得无厌的老婆，只是轻轻地说了句："随便你们，此事我不管。"迟小兰一走，她立马就骂丈夫："你这不识相的家伙，人家一个大局长不嫌弃你，来和你攀亲,你去听什么杨卫国的话,人家高攀都来不及,而别人送上门你都不买账,是什么意思?人说男大当婚,女大当嫁,妹妹也不小了,不趁此嫁个当官的人家,莫非你要把她养成个老姑娘不成?”林木芝把迟忠达骂得个狗血淋头,话都不敢吭一声。

之后,随着三秋生产告一段落,县里派下去的工作队已在陆续收队,伍失德这支工作队也回城了。工作队回城,伍失德娶儿媳的心也应同时“收队”了。但不死心的他仍抱着一线希望,心里还想着这件事。恰在此时,县里安排从农村招一些人,充实县直各机关。在新招收的这批人中就有迟忠达,并安排他到县农业局,接替已退休的石会计。与此同时,县里又考虑到新招收的这批人虽然年轻,但毕竟来自农村,有的缺乏社会阅历,有的缺乏专业知识,拟分期分批把他们送到相关学校学习,以提高他们的知识水平。

伍失德听到这一从天而降的消息,喜出望外,认为机会来了。于是他重新整理思路,并认真分析,认为这桩婚事的阻力,一是迟忠达,二是迟小兰本人。他兄妹俩,最难对付的又是迟忠达。原本想把他夫妇俩搞定,不怕那迟小兰不依。现迟忠达不仅进城参加工作,而且还外出学习,是天助我也。然而按县里的安排,这批人虽然都安排学习,但要分为三批,如果迟忠达能排在第一期就最好,自己即可趁热打铁。若安排在二三期,现工作队又收队,势必影响他的计划,白费力姑且不说,冷了的事,重新做,麻烦就大,何不找农业局单局长将他安排到第一期。他一走,那么迟忠达这个最硬的“钉子”不也就自然而然地拔掉了吗?主意拿定,他马上动身找单局长。单局长与他是哥们，二话不说，按他的意图，立马把迟忠达列入第一批人中，上报组织部门很快得到批准，迟忠达被安排到江西财经学院学习三个月。在以后时日里，伍失德即按他原定的“连续作战”方针，时不时以各种借口走访迟家，每去一次，便大包小包地带去，讨林木芝欢心。林木芝也知他来者不善，但贪婪的她，来者不拒，多多益善。只是有一次她觉得过意不去，便对伍失德直说：“伍局长，你送我们家这么些东西，怕是醉翁之意不在酒吧。你的意思我懂，但听说你那儿子是个有病的人，且那病又不是一般的病，叫作什么痴呆症，傻头傻脑的，若是那样，可要误人的哟。”伍失德听了，知事情已败露，一时满脸涨红。但老于世道的他，立马镇静下来，回答说：“你所说不假，是有点病，但你要相信，现代医学这么发达，不说是这点小病，连那些得心脏病的人，尚且还可做手术，术后病就好了。我儿子那点小病你用不着担心，要相信科学。如你信得过我，同意把你妹嫁给我家，对于你那天提的办酒要过三道坎，我毫不含糊，照你的要求办，且你提的三组彩礼数，我选最高的 28000 元给。”

伍失德说到此时，林木芝动心了。她想，得心脏病的人，病那么厉害，做了手术尚可治愈，那么痴呆症也应该可治愈的吧。伍局长不是说要相信科学吗，我就信一回。再说伍局长是个当官的，我们农村人能攀上此等高枝，那是打起灯笼火把都难找的缘分，更何况他又说，如同意了，办酒时，习俗规定该办的，他一定办到，彩礼又选最高的给。人家出手如此大方，这在农村是少有的。28000 元，家里一下有了这么多钱，可要享福了。她想到此，心里美滋滋的。跟着又想，老娘我从没见过上万的钱，而今人家张口就给 28000，数都要数半天，何乐而不为。不答应，那就是傻子，反正嫁的又不是我自己，是你迟小兰，我犯不着管那么多。

她想定了后，便故意逗伍失德说：“伍局长，这事我是同意的，只是现在我老公不在家，我不好拿主意，最好等他回来。他走时，专门交代，妹妹的事，我不能乱表态，若误嫁妹妹，不仅害妹妹一辈子，更对不起九泉之下的父母……”伍失德听了在心里骂她：“这死婆娘，刚才不是说同意了，现又推诿，耍花招，若按你说的，等你老公回来，那么我的调虎离山计岂不是白搭了吗？我是为支他走，便于下手，好容易请人帮的忙，才走到今天这一步，现你又推三阻四的，莫不是为难我么。林木芝哼哼叽叽的，莫非嫌我礼数不到家，有意为难，要我‘放血’不成。”他想到此，赶忙从衣兜里拿出钱包，打开皮夹，哗啦哗啦地数了 5000 块钱给她，并说：“妹子，眼下春节就要到了，你老公又不在家，拿这点钱给孩子买套衣服，置办点年货，好生过个春节。”见钱眼开的林木芝眯起眼睛说：“伍局长客气了，你对我们家如此关心，我不会忘记的，妹妹的事，我会使劲帮你，不会让你失望，你放心好了。”伍失德听了，心里热乎乎的，并哈哈而笑说：“有妹子你这话我放一百个心。”于是站起来和她作别回城。在回城的路上，他边走边骂林木芝，这贪婪的婆娘，刚才若自己不放血，拿点“压岁钱”给她，她恐怕又要反悔了，幸好自己反应过来，及时补救，否则事情便砸了。是时，他为自己的机灵而沾沾自喜。自喜的同时，又自我解嘲地说，人说有钱能使鬼推磨，我这不是在请“鬼”推磨嘛！还是有钱好，钱才是“大哥”。

他到家，把白天到迟家的活动情况告诉老婆，把自己如何机灵，好容易才说服林木芝的全过程吹了一通。老婆听了虽也高兴，但身为女性的她，于心不忍。她怜悯迟小兰，便对丈夫说："你不择手段骗人，太不应该，自己的孩子明明是那个样，万一林木芝经不住你收买，昧起良心做事，那是要苦了人家迟姑娘的，你是在做缺德事。人们不是说，'人在做，天在看'，过去你所做的那些缺德事，已是多得再不能多了，现又去骗人，总有一天要遭报应的。所以，我劝你还是收手，那些缺德的事不要再做了。至于儿子的不幸，我们自认倒霉就是。儿子不行，还有姑娘嘛，何必要死钻牛角尖呢？"伍失德听了老婆的劝告，亦觉不无道理，回忆自己一生，的确做了不少见不得天的事，也该收敛了。但他就是钻不出这牛角尖，甚至还想入非非，若儿子能娶个媳妇，组成家庭，兴许还能给他生个胖孙子。于是，他对老婆说："你刚才所说的没错，我这一生所做的事，我自己明白，尤其现在又当干部，当收敛才是。但我就想抱孙子，伍家有后心才安，就让我做最后这次吧。"老婆看他仍固执己见，便说："最后这次更不能做，这次更损人。你说人家一个好端端的姑娘家，不缺手不断脚，因父母死得早，已够可怜的了，怎么忍心再去糊弄人家，嫁给一个连白天夜晚都分不清的傻子。你说她会幸福吗？人要将心比心，我们膝下有三个姑娘，要是上当受骗，嫁给一个有病的丈夫，你又有何感想。做人不得过分，适可而止。过分了要遭雷打。"

伍失德遭到老婆的指责，心里很不舒服。尤其老婆咒他要遭雷打，一时激怒了他，一下从座椅上站起来，揪住老婆的头发，抬起脚，狠狠地踢了老婆几大脚，把老婆打趴在地，而后拳脚并用，打得老婆呼叫连天。他边打边骂：“你这不争气的婊子，当年老子娶你，是要你多生儿子，少生姑娘，你不听话就不说了，现在老子要娶儿媳，你又这不行那不行的，百般阻挠，还咒老子遭雷劈，你到底安的什么心。人家说夫唱妇随，你那三纲五常是怎么学的？今天老子不把你打死才怪！”伍失德把老婆打得鼻青脸肿还不罢休，幸好此时电话铃声响，叫他去开会，老婆才捡了一条命。老婆挨了一顿拳打脚踢，吸取教训，以后再也不管了，任他为所欲为。

伍家这边的闹腾就不说了，现说迟家那边。自从那天林木芝收了伍失德的5000块钱后，她绞尽脑汁，考虑如何诓小姑子迟小兰上钩，达到她的目的，好向伍失德交差。她想来想去，决定施以“恩威并重”法，来制伏迟小兰。她先是在那5000块钱中，挤出300块来，到市场上买了一段布和姑娘们爱用的时髦用品，又请裁缝将布制成一套衣服，亲手送到小姑子房间，并假心假意，装作亲热的样子对迟小兰说，“妹妹，多年来嫂嫂对你照顾不够，你不要往心里去，横竖咱们是一家人，以后的日子还长，我会照顾好你的。”说了拿出预先准备的衣物等送给迟小兰，并对迟小兰说：“妹妹，这是我给你缝的一套衣服，你穿上试一试，看合不合身，余下的那些东西，是你们年轻姑娘喜欢的用品，看你喜不喜欢。”

嫂嫂一反常态，令迟小兰倍感蹊跷。心里在想，这莫不是太阳从西边出了吧？反应敏锐的她想起，前阵子那所谓的三秋工作队长伍失德曾经来过家里，他俩一嘀咕就半天，一说一笑，一唱一和，今天她这样做，送衣送物是假，另有目的是真。他们是想趁哥哥不在家，又来打自己的主意。她想到此时，又想到哥哥临走时一再叮咛的那些话，立马醒悟过来，自己对自己说，这些东西无论如何不能收。于是对林木芝说："嫂嫂，这些东西你留着自己用吧。至于衣服，母亲过世时留下的那些七八成新的衣服，现还有好几套，再说那些用品，嫂嫂和妹妹年龄相差不大，嫂嫂也可以用，就不麻烦嫂嫂了。"说了走出房门，找朋友玩去了。迟小兰的回答，让林木芝万万想不到，这个平时被自己骂怕了的小姑子，居然不买自己的账，还酸不溜丢地讲了几句婉转话来打发自己，心里很不是滋味。她一时怒火中烧，咬牙切齿地骂说："好嘛，你迟小兰敬酒不吃，我就叫你吃罚酒，看老娘我怎么收拾你。"说完悻悻地回自己的房间。

当晚，迟小兰因心情不愉快，在朋友那里多玩了一下，11点过才回家。到家喊嫂嫂开门，嫂嫂装听不着，只顾睡她的觉。后来迟小兰喊多了，影响她的瞌睡，于是在被子里张起嘴乱骂，说什么，一个姑娘家，一天只会找男人玩，夜深了也不知回家，干脆别回来。言词污秽，不堪入耳。骂了仍然睡她的觉，不管迟小兰怎么喊，均听不到回应。迟小兰没办法，只好转身到朋友家借宿。第二天迟小兰要出工，回家取工具，见她在洗脸，没理她，反倒她见迟小兰回来，又没好气地骂："你回来啦，昨晚睡了几个男的，舒服不舒服，说来让我听听嘛！"迟小兰不理她，背起背篼，扛着锄头出门上工去。林木芝洗完脸，气还未消，上午不出工。快到中午，在家煮起饭和儿子早早吃了，把火壅好，关起门睡她的午觉。等迟小兰中午下工回家，打开房门，家里静悄悄的。进厨房看，厨房刀砧高悬，火塘的火封得严严实实的，锅灶亦无余热。她猜，定是嫂嫂有意整她，在搞报复。她明白后，一声不吭，捞起衣袖，麻利地掀开火塘的火，加薪添柴，架起锅，煮起饭，吃了上工去。

那天以后，林木芝为达到她不可告人的目的，不择手段，百般折磨迟小兰。白天叫她出工，为家里挣工分，晚上安排她纺纱织布打鞋底，不到两点不准睡觉，说是抓家庭副业增加收入。这一招真够狠，一个年轻人，正是吃得睡得的时候，白天参加集体生产已够劳累了，晚上还安排家庭劳动到夜深。其间偶尔来瞌睡，眯了一下还遭打挨骂，说："让你到城里当人家儿媳，享清福，你偏不干，你这不是自讨苦吃吗？我告诉你，我之所以这样折磨你，是要你去嫁人，你一天不嫁，老娘就一天折磨你，直到你愿意为止。从今以后，老娘白天睡觉，晚上'陪'你，看你有几多能耐……"迟小兰听了林木芝的威胁，看来她是不达目的不罢休了。

林木芝的话，使迟小兰思绪万千。自父母过世后，由于哥哥懦弱，家里大小事务皆由嫂嫂这可恶的"母老虎"主宰。自己正该读书的年龄，她一句话，令自己辍学，回家帮她带孩子，做家务事，稍有不慎，即遭打受骂。自己长到16岁，她孩子大了，已不需人带，便逼自己参加集体劳动挣工分，可谓机关算尽。之后自己成年，在三秋生产中，来了个什么伍队长，相中自己，让我嫁给他那有病的儿子，她明知那是个废人，居然不惜让自己充当牺牲品，狠心地推向火坑，捞取利益。这事自己虽做了反抗，但她就是不放过，现又来硬逼，还宁可放下生产不搞，白天睡觉，晚上折磨人，把自己折磨得死去活来，过着非人的生活。这事看来她是铁了心的。现在的情况，家里是火坑，嫁到伍家去也是火坑。眼下就这两条路，看自己怎么选了。回忆起辛酸往事，她不禁潸然泪下，只恨自己命苦。

正当她自我哀叹时，突然想起伍队长那天找她谈婚事时，曾经许诺，若她愿给他当儿媳，就帮她办农转非户口和安排工作。此话若当真，自己嫁了就能进城，进城就有户口和工作，也是一条路。此后，即便伍队长儿子真是个废人，实在不行还可以离婚。离婚后，反正自己已有了工作和户口，凭双手劳动，不怕养不活自己，也算一条可走的路。现在关键的是，伍队长讲的话是否算数。若他说话算数，不妨铤而走险试试看，反正这个家是待不下了。她考虑好后，并不声张，而是寻找机会，要伍失德写个保证押在手里，以便将来有凭有据。

迟小兰暗暗想好后不久的一天，嫂嫂又因她在家不按时煮饭，影响她饭后看电影为由，唠唠叨叨地骂说："年纪轻轻的，不长记性，那太阳偏西就该煮饭，你此时才磨磨蹭蹭地煮，怕那电影演完还不曾得饭吃，你可要知道，那电影队轮着全县各村寨转，好容易才轮到我们这里一次，你这样不长记性，岂不是故意整人吗？你想男人也不至于连饭都不吃吧！你想男人，人家伍局长几次提亲，你又不理睬人家，这岂不是自作自受吗？"

林木芝唠叨着骂时，迟小兰觉得机会来了，于是反击说："那饭就迟煮了一点，这不是在做了吗，等把菜做好，饭即熟，吃了就去看，会误你到哪里去，你这是吹灰找裂缝，借故骂人。你一天到晚，天天骂人，不说我也知道，你的目的是把我骂烦了,受不了你的窝囊气,好逼我嫁给那个傻子,你好从中渔利。现在我明给你说,你逼我嫁也可以,但有一点,你必须把那姓伍的喊来,我有话对他讲。”是时,林木芝见迟小兰竟敢揭穿自己的阴谋而大为恼火,本想发作,教训她一番,但转念想,她说把那姓伍的喊来,有话对他讲,这话里有话。跟着她又想,这温顺的小姑子,平时不管自己怎么骂她,尤其伍失德求亲的这段时间里,甚至还打过她,她均不还嘴,今天自己唠叨几句,她居然顶起嘴,而且数落起自己来,莫不是她被骂烦而想通了。想到此,她稳住自己的情绪说:“喊就喊,只是人家来了,你不要像以往那样,不张不睬的,人家好歹是个局长,还得给点面子。”迟小兰说:“这请你放心好了。”

林木芝不惜顶着烈日,徒步几十里路到城里,把情况告诉伍失德。伍失德放下手中工作,在单位要了一部小车,与林木芝一道,风尘仆仆地赶往迟家。到了迟家,林木芝不顾旅途劳顿,亲自下厨,迟小兰打下手,很快把饭做出来。吃过饭,他们即开谈。伍失德先说:“迟姑娘,听说你有话要对我讲,所以我特地从城里赶来,有话你就说,不管什么事,我们三人一道商量,没有办不成的事。”迟小兰听他说完,便当着他俩的面,不客气地说:“伍局长,原先你到我们村当三秋生产工作队长时,我称你伍队长,现已收队,我当呼你局长了。你局长大人不嫌弃我们农村人,看得起我,让我做你儿媳,想进一步谈谈。别的我就不讲了,讲多了浪费时间,影响你局长大人的工作。至于我嫂嫂原先与你谈的那些什么办酒过三道坎的事,你和她谈就行。反正我是个没爹没娘的人,只好任人宰割罢了。今天之所以大老远请你来,不为别的事,就为你上次与我说的，如我愿做你儿媳，进城办完婚事，你帮我办农转非户口和安排工作的事，想就这个问题抓个稳当，以得心安。关于这话，你原先倒也说了的，只是我还在担心，因为你们这些大人，有时说话深浅难测，常常是一天一个样，今天讲了明天又变。变来变去，都是你们当官的说了算，我们黎民百姓没有说话的余地。所以，我心里不踏实，担心你到时候不办，那我后悔都来不及。尤其是工作，我一个农村的，在城里无事可做，那是无法生活的。我又听说，你家的那位哥哥(指伍失德的儿子，小兰称他为哥哥)非但没有工作，而且还是个有病之人。两个都没工作，那日子就没法过。就算你二老养我们，但人总会老，到你俩都百年后，我们又怎么办。所以，我想来想去，一家人若都是双职工更好，不是双职工，其中一个有工作，最起码也还能维持这个家。因此，今天大老远把你请来，就想请你写张字据放在我手中，心里才踏实。到时，我有工作，从长远看，我们的小家庭生活就有了保障，你二老也放心，我们也安心。”

伍失德和林木芝听了迟小兰的一席陈述，顿时感到吃惊，觉得眼前的迟小兰，人虽年轻，但却是个很有心计的人，不得不高看她。她一是打有把握之仗，二是考虑长远，令人佩服。伍失德在佩服的同时，更是感慨不已。他自信自己看人不走眼，未来的儿媳，真是又聪明又勤快，他更是高兴。他原来以为，迟小兰是农村的，又遭嫂嫂虐待，想趁她落魄，欺负她，娶她做儿媳，凑合给儿子成家，了却心愿罢了。哪知人家所说的话，一套一套的，既有远见，同时又有说服力，搞得自己一时不知所措，好在有林木芝在场，不然是要尴尬的。

由此，也使他从内心深处认识到，不能以为农村人就低人一等，而是山山有老虎，处处有能人。不要以为人家是农村的就可以随便欺负。

伍失德转过神来，想了半天，对迟小兰说："迟小妹，刚才你讲得很有道理，我由衷佩服，但写字据就不必了，如你同意，我安排花轿把你抬到家，那时我们已是一家人了，还有什么不放心的呢？更何况我就只有这一个儿子，虽说我儿子上面还有三个姐姐，然终归都要嫁出去的，以后家里的所有财产，包括房子在内，都是你们的了。更何况目前我两口子的身子还硬朗，再陪你们二三十年不成问题。我俩的工资加起来也不少，单凭这点，一家人的吃饭穿衣，应该是绰绰有余，可以说生活无忧。当然，我这样说，并不等于我许诺的事不办。这两件事即便是拼老命我都得办，我讲话算数，你放一百个心好了。"

他讲到此时，在旁的林木芝生怕迟小兰耍性子，牛起来形成僵局，不欢而散，自己的目的达不到那就糟了。于是，皇帝不急太监急，她立马站起来说："写字据那也只是个形式而已。当然，要写也可以，只不过写了又有多大用处，万一其中有的事涉及国家方方面面的政策，实在办不到，莫非你就以那纸字告他不成。这又不是法律合同，由你告到哪里，即便是告到法院，人家会理吗？告也白告，最后不也等于零。按我的想法，还得相信伍局长。伍局长是一局之长，一个县几十万人，局长就那么几十个，你说他会骗你么？他刚才不也说了吗，叫你放一百个心，这话我是相信的……"到此时，迟小兰也不便再坚持了，于是，稀里糊涂地随便点个头，这桩婚事就算定下了。

第二天一早，迟小兰出工去了，林木芝借故身体不适，向队长请假，继续跟伍失德商量，其实她的所谓商量，也不外乎一个字，那就是个“快”字。

先是林木芝对伍失德说：“伍局长，这事到今天，能有这个结果，实属不易，你要趁她答应抓紧把事办了，以免夜长梦多。我之所以这么说，有我的道理。她哥哥出门之前，专门给我打招呼说，这桩婚事无论如何不能答应，答应了要害妹妹一辈子，尤其更对不住死去的父母。他给我说后，又给他妹妹说，要她不得乱表态，要稳得住。这些话是她哥哥临走时分别给我和她讲的原话。如你安排得好，抓得紧，这迟小兰就成你的儿媳。如安排不好，抓不紧，那后果不用我说，你也该知道。眼下按时间推算，我那老公，翻过年就回来，时间是够紧的。所以，我建议你今天回去，大后天请媒人，先过第一道坎，下个月初办订婚酒，把彩礼钱二万八送过来，过第二道坎，再下个月进入腊月，是办酒的吉期，你择个吉日，安排人，来花轿，把儿媳抬走，过第三道坎。三道坎都过了，你先前所许诺的，什么办户口、安排工作的事，能办则办，万一不能办也就算了，反正那时她已是你们家的儿媳了。伍局长，我这么推心置腹地给你说了，现就看你的了。”林木芝的话刚落，那伍失德即伸着大拇指，眉开眼笑地夸赞她说：“高！高！真是高家庄的高！”跟着两个人便哈哈大笑。

按照林木芝的思路，伍失德回到家，紧锣密鼓地做了安排，前两道坎顺利走过了，第三道坎也在积极筹备着。腊月初八是吉日，他请人把花轿扎好，安排了两拨唢呐，租了两匹高头大马给儿子和傧相当坐骑，邀请了部分机关干部和下属的企业老板以及他平时要好的哥们，男男女女浩浩荡荡，一路吹吹打打到迟家。当晚有的打牌，有的划拳喝酒，把一个平静的山村闹得个乌烟瘴气。过了一夜，第二天时辰一到，把迟小兰送上花轿，抬回县城。

儿媳过门的当天，伍失德在家门口的街面上，摆了一百桌酒席，大宴宾客，吃了整整一天，热闹非常。劳累一天的他，虽然疲惫，但当他想起有了儿媳，儿子终究成家了，心里就美滋滋的。

儿媳进家后的一星期，他果然给迟小兰办了农转非户口，兑现他所许诺的一件事。关于安排工作的事他没有办，也不想办。他之所以不想办，按他的说法是，儿子完婚，儿媳又办了户口，儿媳已成家庭的成员。若说她要飞，也飞不到哪里去。如说给她安排工作，这事对他而言，也是举手之劳的事。下属那么多企业和工厂，只要他开口，没有不买账的。但他之所以不开口，有他的考虑。他想，儿子本就那个样，人不人鬼不鬼，让人一看就烦，只是自己作为父亲，只能认命。为了给儿子成家，不知费了多少心机，诓骗迟小兰。在诓骗的同时，又不惜用重金买通她的嫂嫂，好容易才娶过来。如果给她安排工作，让她拥有谋生的条件，不好控制不说，更主要是有工作必然要上班，一上班就有机会接触社会，扩展视野，有了见识，那就不好办了。再加上世界上各种各样的人都有，有好的，也有居心叵测的，自己的仇家又多，如果这些人中，有一两个怂恿她闹离婚，那么儿子的家庭就得散架。他出于这种想法，宁可养她，就是不给她安排工作。

迟小兰又不知就里，所以每次他下班或者外出回来都要问。遇着他心情愉快时还好，尚能心平气和地解释，找借口搪塞欺骗打发；遇到他不高兴时，张口就几大句：问什么问，有饭吃就行，你要那工作干什么？在家伺候丈夫，做点家务不就很好吗？伍失德想拴住儿媳，迟小兰一心想着工作，有事做，自食其力就可以“飞”。迟小兰之所以要“飞”，是因为她来到伍家这么久，与那伍实空生活，不要说别的事，就连他上床休息都得要自己搀扶，简直就是个废人。迟小兰若有了工作，就可按婚前的计划，离婚，跳离火坑，走出苦海，走向光明，走向新的生活。所以工作对她来说是最为关键了。迟小兰之所以执着，盯住不放，道理也就在此。他俩各有各的考虑，各有各的算盘。有一次伍失德遇着不顺心的事，正愁没地方发泄，她又问及此事，伍失德就没好脸色，把气撒在她身上，大骂一顿。此时，同样受够了气的迟小兰也不示弱，点起伍失德的大名和他对骂：“这事按说不该由我问你，事是你自己承诺的。承诺而不办，问问还不行吗？伍失德，我告诉你，你不要以官压人，你那官是怎么来的你自己清楚。我并非是你所想的那样，任人宰割，见官即怕的人，兔子急了还会咬人，再不办，你就等着瞧吧！”

伍失德被儿媳点名道姓地骂了一通，心更烦，恰在此时，他那傻儿不知从哪里来，满身贴着不少红的、蓝的、紫的、黄的、绿的，各色大小不等的纸片，一颠一踱地向他走来，到他跟前，有意张扬，喊声：“爸，你看我这衣服好不好看。”在气头上的伍失德，见他那样子，啼笑皆非，骂他：“滚去一边，老子就因为帮你娶媳妇，吃了不少苦，现倒遭你媳妇点起大名骂老子，真是不合算。”伍失空听他爸骂他，不以为然，反倒学他爹喊起：“滚啰！不要老婆啰！要老婆不合算啰！”边喊边走，走进他房间看见迟小兰在哭，他又喊：“不要哭啰！不要老婆啰！滚啰！”乱七八糟乱嚷乱叫。他这一嚷叫，迟小兰以为是伍失德教他，故意来骂自己，于是从屋里冲出来，指着伍失德骂：“你不要就算了，何必叫一个傻子到处乱嚷乱叫，让我难堪。你不要，我现在就走。”说完收拾东西就要走，害得伍失德只好强颜欢笑，做了一番解释，然后又再次表态，一定帮她安排工作，事情才平息下来。

伍失德的再次表态，实际是他的权宜之计，之后，他根本不把此事放在心上，迟小兰又再次上他的当。正在此时，春节已过，她哥哥迟忠达学习结束，回到家不见妹妹，问老婆，老婆回说已经出嫁了。“出嫁了？你说得倒轻巧，这么大的事，你怎么不给我说一声，擅作主张，不像话。”老婆听他在责备自己，即顶嘴说：“这事与我无关，你自己去问你妹妹。”迟忠达又问嫁到什么地方，妹夫是何许人，老婆爽快地答说：“城里的伍家呗，妹夫是你在家时，叫我不要乱表态的那个伍局长的傻儿子。”迟忠达一时心冷了半截，跺着脚，骂了起来：“是哪个这么枉道，把我妹妹嫁给个废人，这不是害我妹妹一辈子吗？孽障，孽障！”他连续骂了几声孽障，同时，他心里想，刚才盘问老婆，她一点不含糊，既爽快又直接，把责任全推到妹妹身上，并声称与她无关，必定是她与伍失德相互勾结，设圈套，让妹妹就犯，不然她不会那么爽快的。他想到这里，决定进城找妹妹问个清楚，好作下一步打算。

第二天，他起个大早，随便吃点东西，撑起一把伞，走在雨中，向城里进发。到城里，好在他当了那么些年的会计，每年的农业税结算和平时帮集体采购农药、化肥等农用品，进城的机会多，对城里各条道路和街巷较为熟悉，后又经人指点，很快就找到妹妹家。

当他走到妹妹家门口，先是看见一个呆头呆脑的小子，拿起一根棍子一起一落地拍打着一块横在地上的木头，嘴里不断念“打死你，打死你，不把你打死不是人…… ”他看着这一情景，心有所疑，然后抬头看那门牌号，不错，是 147 号，这下他明白了，这傻儿便是自己所谓的妹夫了。弄清楚后，他不问三七二十一，往屋里就闯，喊妹妹：“小兰，小兰，哥哥来了。”迟小兰听是哥哥的声音，赶忙从房间跑出来，一下扑到哥哥的怀里，哽咽起来，那泪水止不住地往下滴。哥哥看她如此伤感，安慰她：“不要哭，有哥哥在，有话慢慢讲，哥哥这不是来了吗，天大的事，有哥哥我为你撑腰。”于是兄妹俩坐下，趁着伍失德夫妇俩上班的机会，迟小兰即把哥哥出门后，伍失德和嫂嫂串通一气，折磨自己，逼自己嫁到伍家的事如竹筒倒黄豆般，全向哥哥倾诉。

妹妹诉毕，迟忠达即“哦”的一声说：“原来如此，怪不得在我刚入学时，和我同去的一同志就告诉我，我的学习原本安排在第二期，只因工业局的伍局长说情，领导才调到第一期。当时我听了并没在意，原来姓伍的早就设伏在先，搞调虎离山计，趁我不在家，搞他那不可告人的勾当。”迟忠达识破后，一时义愤填膺，恨不得咬他一口，以解心头之恨。恰在此时伍失德夫妇下班回家，迟忠达见着，就气不打一处地冲上前，揪住他的领子骂：“你这人面兽心的家伙，竟然不择手段，与林木芝里应外合，相互勾结，骗我妹妹嫁给你那傻儿，害我妹妹一生，你于心何忍？”迟忠达情绪激动，越骂越狠，大有不依不饶之势。一时过往看热闹的人越围越多，大家都来看伍局长的洋相。

人群中有个叫邢子善的人，曾跟伍失德到树木乡田园村搞过三秋生产工作。当时他是伍失德的工作队员，他认得迟忠达，同时也知道迟忠达是县里最近新招来的职员，且安排在农业局工作。他为给伍失德解围，于是跑到农业局，请来单局长。单局长到场弄清了情况，把迟忠达喊到一边，劝他说：“有话慢慢讲，不要激动，尤其在街上更不能大吵大闹，影响不好，你是个新进革命队伍的同志，更要注意影响，不然会影响你转正定级。”单局长的话，讲到迟忠达的要害，迟忠达总算是放伍失德一马，回屋给妹妹打声招呼便回单位。回到单位的他，气还未消，即转身赶路回家。到了家，愤懑的他，已不再是以往那样懦弱和惧内了。进了家门，揪住老婆就一阵痛打。并骂林木芝：“你这利令智昏的烂婆娘，竟然为点小恩小惠，置亲情于不顾，害苦我的妹妹，你的良心都被狗吃了不是，你这样害人，以后不得好死……”等他打骂个够，饭也不吃，到房间睡觉，第二天一早回城上班。

伍失德在家门口遭迟忠达羞辱的消息不胫而走，一时满城沸沸扬扬，都在议论他，说他缺德，将来不得好死。更有些知道他底细的人说得更毒，说他从小时起就是个惯偷，偷不成就抢，抢了还要打人，纯属社会渣滓，不知怎么会当上局长。这些议论传到他耳里，他更气愤。气愤也无可奈何，于是便把气发泄在老婆和迟小兰身上。他先是骂老婆，唠唠叨叨，念个不停，说什么：“你这不争气的东西。倘若你能给我生个健康儿子，我就不至遭此侮辱，我所遭受的这一切都是你造成的。”老婆先是忍气吞声，由他骂，哪知他越骂越得脸，越骂越不像话，老婆实在忍不住，即回骂说：“你所骂的这些，算是我不争气，不给你生好儿子，但你从小时起不务正业，小偷小摸，抢人家东西，专干坏事，你又怪谁呢？你要娶迟小兰做儿媳时，我就劝你，人要有自知之明，人家姑娘是什么人，我们儿子是什么人，不要勉强拿个废人去配人家好姑娘，这是做缺德事，做不得，你就是不听，偏去和什么林木芝勾勾扯扯，一唱一和，谈得火热，趁人家哥哥不在家，算计于人，方有今时之苦果，这你又怎么说呢？还有林木芝要大彩礼，你又仗着自己手中的权力，到下属企业，说什么一人有困难大家来相帮，搞摊派，索要人家企业的钱去满足那贪得无厌的烂婆娘。你所做的这些缺德事，非但失去理性不说，有的甚至触犯党纪国法，如不收敛，不仅你的局长当不稳，恐怕有一天我要到牢房去给你送饭。”

老婆的反击，点到他的痛处。尤其说他从小不务正业，小偷小摸，抖他的老底，咒他坐牢，他更寒心。一时气恼的他，跑进里屋，拿起一根当年他当造反派时曾经用过的梭镖，往老婆身上就打。打得老婆呼天喊地，痛不欲生。把老婆身上打得青一块紫一块，蜷在一边哭泣。把老婆打了，跟着又凶又恶地喊迟小兰跪在地上，而后用一本书卷成筒状，指着迟小兰的脑门心，警告迟小兰说：“迟小兰，我警告你，一是从今往后，不准迟忠达进我伍家门。”他说到此时，又自言自语地嚷道，“你迟忠达是个刚放下锄头不几天的人，小小的一个职员，竟敢在街上羞辱我，出我堂堂局长的洋相，以后看我怎么收拾你。”接着又对迟小兰说，“二是关于你的工作，以后不准再问，如你不听，再问或叫那迟忠达来家里，那人就是你的‘榜样’（他说时以手指着他的老婆）。你现在已是我们伍家的人了。你是我花大钱买来的儿媳，要打要骂是我的事。”他说完即喊一声滚，赶走老婆和迟小兰。

迟小兰无端被伍失德责罚和警告，很不服气，第二天便跑到哥哥那里，把被罚跪和警告的事一五一十地告诉哥哥。哥哥听了，一时哈哈大笑，笑了又自言自语地说：“你不要我进你家门，你那伍家门，我才不稀罕，要不是有妹妹的缘故，我犯得上进你伍家门吗？与你这种人来往，你不觉得丢脸，我倒还觉得丢脸。你说我是个小小的职员，这话不错。但我小小职员是个干净清白的人，不像你局长却那样龌龊卑鄙。”迟忠达自言自语后，对迟小兰说：“按伍失德的‘警告’，你的工作怕是没有希望了。没有希望也不怕，你人还年轻，只要有户口，在城里站得住脚，更何况我现又到城里工作，不行就和那傻子离婚。离婚后搬到我这里来住，凭你的双手，给人打工吃饭。就算打工不顺时，有哥哥的工资，哥哥我养你。先就这么维持，以后看有好人家再做打算。”迟小兰听了哥哥那亲切温暖的话，一时感慨万千。心想，亲人毕竟是亲人，倘若嫂嫂也像哥哥一样，念及手足之情，自己就不会陷入今日此般苦境了，她想想不禁潸然泪下。

迟小兰自那天被伍失德无辜责罚后，伍家的人除婆婆简举玉怜悯她外，其余人，包括那傻儿的三个姐姐，不管是嫁还是未嫁，对她均很冷淡。她们只知有脏衣服就叫她洗，有要织的毛衣毛裤便安排给她做，把她当仆人使唤，毫无人情味。迟小兰在伍家，除承担一家人繁杂的家务事和照料好那傻夫君的生活起居外，还要被三个姐姐使唤，一天忙得够呛。劳累不说，稍有差错，就遭打挨骂，甚至有时家里有谁心情不好，都拿她出气，备受凌侮。

家人不把她当人看待，工作又无指望，她实在无法忍受，于是想起哥哥说的“不行就离婚”。她反复考虑，请人写了离婚申请书，递交法院，要求离婚。不料，时值“四人帮”砸烂公检法，国家司法瘫痪。她的申请书无人理不说，更有伍失德获悉情况，怒发冲冠，对她更加残酷，在倍加虐待的同时，安排他的三个姑娘，天天轮流值守，不准她跨出家门一步。失去自由的她，与哥哥又失去联系，独自在家，闷闷不乐，过着虽生犹死的生活，进而郁忧成病。病了又无人照顾，有怜悯之心的婆婆简举玉，也由于被打怕了，不敢照顾她。她只好独自一人，躺在床上自生自灭，终于在一天夜里离开了人世，走完她短暂的人生路。故事便回到开头的那一幕。

迟小兰病逝后，人们指指点点，都在骂伍失德，骂他缺德。送迟小兰上山安葬的当天下午，虽是六月，然天气骤变，雪花纷飞，大雪封地，雷声大作，一道闪而即过的电光把伍失德击倒，毙命于家中。第二天林木芝为集体守牛群，被一头水牯牛撞死在山坳上。他俩死于非命，应了他们原先的话，伍失德老婆说他“做缺德事要着雷打”，林木芝老公说她“做坏事不得好死”，落得恶有恶报的下场。伍失德和林木芝离奇的死讯传遍全县，人们说，这对狗男女坏事做尽，死了活该，如再活下去，人们就苦了。

小雨妹的苦恼婚姻

我和小雨妹(学名沈小雨)同是昌南县古镇上的人。雨妹小我半岁,我俩可算是同龄人。我们自小时起,从小学到中学皆为同班同学,且又是隔壁邻居,所以我对雨妹的学习、为人和个人生活等情况十分了解,可说是知根知底。

小雨妹生于书香世家,祖父沈道学于民国时期毕业于清华大学。学成后,多次谢绝县太爷之邀,宁“吃”笔灰,在镇上自立学馆,躬耕三尺讲台,教书育人,与学子沉浸于教学之欢,同家人共享天伦之乐。父亲沈己见毕业于南海大学中文系。在校时,是班上学习刻苦的优秀生。每次考试或测验,不用问,第一名肯定是他。他精于诗、词、赋,散文写得尤其好。学校创办的刊物《校园》,每期都有他的诗、词或文章,可谓在校生中的佼佼者矣。母亲江东惠出身名门,其父江与时是个才高八斗、学富五车的大才子,民国年间曾任玉县县令。

而后因官场失意，不堪忍受官场的尔虞我诈，卷起行囊家什，辞官回乡，辅导儿女读书就学。江东惠在父亲的精心督导下，非但学业优异，且琴棋书画无所不通，是时人中卓尔不群的女秀才。江东惠和沈己见同一年考入南海大学中文系。他俩兴趣爱好相投，常常你作诗我来和，我出联你来对，不亦乐乎。四年的大学生活，他俩从初时的相见到相识，从相识到相爱，最终结为连理。他俩结婚后，正值中华人民共和国成立，国家急需用人之际，遂双双赴文瑞大学执教，为国家培养人才贡献力量。

小雨妹即生长在这样的书香人家。她是家里五姊妹中的幺姑娘。父母溺爱她，哥哥姐姐呵护她，于是她成了家人宠爱的小幺妹。小雨妹从小受父母和哥哥姐姐的熏陶，耳濡目染，从小学到中学，成绩一向优异，只可惜命运不济，读到高中二年级时，“文化大革命”席卷而来，学生停课，参加红卫兵组织闹革命，学习一向优异的她，荒废学业，插队农村当知青，参加生产劳动，接受贫下中农再教育。在漫长的知青生涯里，她不堪于岁月的蹉跎，每次收工回来的空闲或晚间睡觉前的时间，抓紧学习不放松，自修高二未尽的学业和高三的课本，并且博览群书，自我充电，拓展知识面。果然功夫不负苦心人，在国家恢复高考的那一年，她以优异成绩被复旦大学录取，攻读物理专业。被复旦录取后，她如鱼得水，学习倍加用功。四年学成毕业，分到A省的303厂当技术员，将所学的理论知识付诸实践。在实践中，因功底深厚，操作自如，且产出的产品品质优良，常常得到领导和工友们的赞扬。所以人们常说，沈小雨不愧为大学生，工作技能过硬，是难得的技术好手。她成了既有文化，又懂技术的一代新人。

鉴于那个年代人们对工农兵的崇拜与敬慕，姑娘们常常以嫁给工人、军人或农民而感到荣幸。恰在那时，有个女大学生叫白启娴的，下嫁了一个农民，全国大报小报都在宣传她，她也因此成了一时轰动全国的显耀人物。小雨妹受此影响，在择偶时，把目标锁定在本厂钳工，一个叫申是脑的小伙子身上，不料给自己带来了言之不尽的苦恼。

申是脑生于官宦人家，父亲申德坤是 1938 年参加革命工作的老同志。曾参加过抗日战争和解放战争，他身经百战，战功卓著，是人民军队的战斗英雄之一。后来转业地方，在 A 省人事厅当厅长。母亲李蟠桃卸下军装后，随夫君转业到 A 省商业局物资统调处当处长，是个大权在握的实权派人物。申是脑排行老五，他上面有四个姐姐，在家中他是唯一的儿子，再加上人长得帅气，因此被父母视为心肝宝贝，爱他，疼他，宠他，姐姐们也十分呵护。家人的爱和宠，使他从小时起，便成了家里一匹无羁的“野马”，为所欲为。有时发脾气，连父母他都敢骂，父亲遭骂非但不教训他，反而是一笑了之。再是他想要的东西，父母除天上月亮给不了外，哪怕打破脑壳都一一办到，满足他的欲望。在家他是这个样，在外面他仗着父母当官，充老大，稍不对劲便骂人打人。在学校读书不用心，老师布置作业他不做，托同学代劳，被老师发现受批评，他竟然当着同学的面骂老师，弄得老师很难堪。他顽皮，学习不上进，自知不是读书的料，混到小学肄业，便放弃学业，与社会上的混混为伍，浪迹社会，专行偷鸡摸狗、危害社会之事。父母恨铁不成钢，然虎毒不食子，在他 18 岁那年，父亲申德坤凭借手中的权力，将他安排到303厂当工人，厂里安排他到车间当学徒工。

他到厂里当学徒工，常常依仗父亲的权位，有恃无恐，不用心工作，想上班就上，不想上时，关起门睡大觉。有时，他还强行拉起同车间的年轻人跟他下河钓鱼，影响生产，然而他胡来，谁也奈何不了他。他成了厂里不遵守劳动纪律的典型。鉴于他的表现，车间主任批评他，他居然顶嘴，骂起主任来。说什么“老子就是不上班，看你能怎么着我……”主任碰了钉子，拿他没法，心想，反正厂是国家的，大家吃大锅饭，少管闲事，以免得罪人。领导不管他，他更放纵，越演越劣，一时成了厂里令人发指的恶棍，谁也不敢惹他。直至“文化大革命”，父母被打成走资派，关进牛棚，他这个平时吊儿郎当，天不怕地不怕，我行我素的纨绔子弟才有所收敛。

有所收敛的他，从表面上看，是比以往要好得多，按时上班，也不骂人了，但由于他平时浪荡惯了，养成了惰性，再加上无技术基础，做起工来，懒洋洋的，遇着不顺心事时，要么砸东西，要么发火，影响他人工作。他的这些举动，让同一车间一姓冯的老同志为他着急。姓冯的老同志叫冯寿山，和他父亲申德坤是战友，同一批转业到地方。他在部队服役时，是后勤军需处专修枪炮的技师，因他有这一专长，所以在转业安置时，被安排到303厂当厂长。现在到钳工车间来，是因他也被打成厂里的走资派之一，下放到车间劳动。自申是脑到车间来，他瞅着申是脑懒散的样子就很不顺眼，与此同时也使他浮想联翩。想想自己这代人，为把日本侵略者赶出国土，打倒蒋介石，建设新中国，不惜牺牲，冲锋陷阵，好容易把日本帝国主义侵略者赶走，蒋介石也被打倒了，现在国家正轰轰烈烈搞建设，而他们这些年轻人，竟以这样的态度对待工作，着实令他气愤。若在以往他非揍人不可，让他尝尝革命前辈的厉害，可现在不行了，连自己都自身难保，哪能管那许多。但他毕竟念及老战友的情义，于是，他找申是脑谈话。

他先向申是脑作自我介绍说："我与你爹是老战友，在战火硝烟的年代里，曾经在同一战壕里并肩战斗，打击日本侵略者，打倒国民党反动派。随着全国的解放，国家工作重点转移到建设上来，我俩服从组织安排，转业到地方工作。在安置时，组织根据各自的特点和所长来安排。你爹在部队从事政工工作，所以安排他到人事部门，我在部队专门负责枪炮修理，将我安排到这个厂当厂长，'文化大革命'后，造反派把我打成走资派，下放钳工车间劳动，如果不是这样，我还不认识你。但你的名字我是知道的，你之所以来这个厂，是你爹亲自找我，说他有个幺儿申是脑，从小就很顽皮，读不进书，好打架斗殴，时常惹是生非，弄得全家人为你而苦恼。讲到此时，他还自责地说：'这也怪我，当初给他起名字时，取叫是脑，如今可真是恼'，他对我说：'老哥子，不管是恼也罢，不恼也罢，既是木已成舟的事就不说了，今天找你，无论如何，还得请你帮我这个忙，把他弄到你厂里，给他碗饭吃，让我轻松轻松，好生过几天日子，不然这日子没法过了。'当时我听了你老爹的一番介绍，念在昔日的战友情，答应了他，所以你才到这个单位来。"

"你到厂里来，我几番观察，你的表现正像你老爹所说，我心里就着急。我之所以着急,问题在于你到这个单位来,是我与你老爹私下的交易,严格地说,我俩都违反组织原则,如你遵守劳动纪律,好生工作,讨人欢心,这事兴许能瞒天过海也未可知。如侥幸瞒得过,便是件烂在我俩肚子里的事。然而,反过来,倘若你照此下去,只要有个把人埋怨说‘怎么把这么个捣蛋鬼放到我们单位来’,人家就会因此而顺藤摸瓜,往下追究。追究起来,东窗事发,我和你老爹就脱不了干系。再加上,现我俩又都是走资派,若再加一条‘徇私舞弊,相互勾结,违反组织原则,私自安置亲信’的罪名,不是授人以柄了吗？到时,可叫你吃不完兜着走。事就那么严重,你说我该不该着急？”

“侄儿呀,侄儿,你该懂点事了,再不能耍性子了。要说别的人,我可不了解,若说你老爹老妈,我是最了解不过了。打从日本鬼子发动侵华战争以来,他俩为保家卫国,打击日本侵略者,双双奔赴抗日战场,哪里危险往哪里冲,哪里困难往哪里去,冲锋陷阵,出生入死,几十年如一日干革命,直至全国解放,始终忠于党,坚定信念跟党走,从无二心。可今天那些造反派们硬说他俩是反党反社会主义、走资本主义道路的当权派,你说这不是颠倒黑白吗？竟然把没有的东西说成是有,谁能说得清楚。所以,我希望你争气,好好工作。关于技术的事,我可以教你,只要你认真学,没有学不会的东西。过去我们国家没有原子弹,帝国主义老是拿原子弹来威胁我们,我们不信邪,不断摸索,反复实验,经过努力,1964 年我国的原子弹不也爆炸成功了吗？世上无难事,只怕有心人。我国原子弹爆炸成功,昔日那些瞧不起我们的人,不也对我们刮目相看，而且不得不在我们面前低头。我举了这么个例子，目的在于，希望你在今后的时日，努力学习，积极工作，为党、为人民多做贡献，做出成绩，有朝一日也让人刮目相看。”

在冯寿山老伯苦口婆心、循循善诱的教育下，作为晚辈的申是脑突然开了窍，他心里感谢冯伯伯，并自我反思，觉得冯老伯在逆境中，尚能不顾自身安危，从国家角度、个人角度，列举很多例子，深入浅出地教育自己，可见其用心良苦。过去自己之所以调皮捣蛋，书不读，事不干，一天东游西逛，无所事事，进厂以后仍目中无人，领导批评还和其吵架，这都是依仗着老爹和老妈的权位，然而这些想法，于今而言，是不客观的。现父母陷于逆境，自己不也落魄了吗？再说，世上又有哪家的父母能管子女一辈子呢！就眼前而言，父母已被关进牛棚，几个姐姐走的走散的散，各奔前程，自己孤苦伶仃，衣食起居全靠自己。幸好老爹和冯老伯把自己安排到这个厂来，不然怕是吃饭都成问题。他作了自我反思后，痛定思痛，决心洗心革面，好好做人。此后他按时上下班，低调做人，虚心向工友学习，又得冯老伯手把手地教，一晃几年过去，竟然成了车间一名娴熟的钳工，常得领导和工友们的赞扬，真可谓浪子回头金不换。

在申是脑的品行得到调教且技工技能不断长进的同时，小雨妹大学毕业，分配到他们厂，且又安排到钳工车间来，他俩相识了。两人同是单身，生活上互相照顾，工作中互相帮助。申是脑的衣服小雨妹洗，床上的铺笼帐盖要缝要补小雨妹全包下；小雨妹在车间承揽产品加工所需的原材料如钢管、铁条等重物和加工成的产品，又是申是脑扛进搬出，相互照应,久而久之,两人深深相爱。有一年国庆节,申是脑胸佩鲜花,小雨妹身着婚纱,手牵着手,步入婚礼殿堂,他们结婚了。

新婚宴尔,小两口外出旅游度蜜月。回到厂里,夫唱妇随,和睦相处,多让人羡慕啊!人们议论说,申是脑一个小学肄业生,娶了个大学生媳妇,媳妇要才有才,要貌有貌,申是脑又是个帅哥,他俩结为夫妻,简直是最般配不过了。然而美中不足的是,俗话说,郎才女貌,他们恰好来个反的,成了“郎貌女才”,有点遗憾!

申是脑听了人们的议论,喜忧参半,喜的是自己能娶到一个貌美又有学问的老婆,忧的是老婆学历高,今后她很可能因此而看不起自己。正在他忧心忡忡之时,被打成走资派的部分干部,经甄别,逐步被放出来,他的爹妈也在其中,走出牛棚,官复原职。父亲申德坤仍然当他的厅长,母亲李蟠桃照旧当物质调配处处长。此时的申家,当说是几喜临门了。一喜是父母走出牛棚,官复原职;二喜是昔日令人“是恼”的儿子经人调教,有了根本性的转变,成了一名新时代的技术工人;三喜是申是脑娶了个花容月貌,有知识有文化,很能干的好媳妇。这么多的喜事,申德坤夫妇当高兴才是,夫妇俩却不以为然。他俩之所以不高兴,是因为他们的儿媳是个知识分子不说,且儿媳妇的父母都是知识分子,沈己见还是个大知识分子,已被列为反动学术权威,现尚关在牛棚里。并且沈小雨外祖父江与时又是民国时期的县长,如此复杂的家庭背景,在“四人帮”横行的年代里,很容易惹上麻烦。当时有这么一句话,叫作“越有知识的人越反动”。“四人帮”

早就把知识分子列入“地、富、反、坏、右”的行列，名曰“臭老九”。由于儿媳娘家有着这样一个不“光彩”的背景，刚走出牛棚的申德坤夫妇俩很不高兴。他俩受当时错误观念的影响，把儿媳家的人看成犹如麻风、瘟疫一般，生怕连累自己，所以他们对儿媳的态度不冷不热。每个星期天儿子和儿媳回家看望他们，他们爱理不理的，甚至有时儿媳沏茶，端到跟前，也没个好脸色，弄得儿媳很尴尬，为此，小雨妹伤透了脑筋。

由于父母对自家媳妇持这样一个态度，申是脑也跟着效仿，对媳妇也不冷不热、爱理不理的，昔日那恩恩爱爱的情义早已荡然无存。因申是脑一反常态，小雨妹更苦恼。她是这样想的，公公婆婆上了年纪，有些事他们不能接受，不理解我，这都在情理之中，然而，你姓申的和我是自由恋爱组成的家庭，况且我沈小雨是接受过国家高等教育的人，阴差阳错嫁给你一个小学肄业生，本就下嫁了，你尚不知足。更何况那时你爸妈被关起来，无人搭理你的时候，我冒着风险，与你结合，你竟不想想这些。现在你父母出来了，翻身了，你就来个不理不睬，把我冷在一边，难道我就那么贱吗？

气愤之下，小雨妹决定以其人之道，还治其人之身。你不理我，我更不理你，谁怕谁。由此，夫妻间日渐有隙，经常磕磕碰碰，一天到晚，吵架成了家常便饭。遇着申是脑那暴脾气发作时，竟然拿家什用具来出气，要么砸锅，要么甩盘扔碗，甚至连好容易攒下点钱买的电视机都给砸烂了。他的粗暴行径，令人难以理喻。尽管申是脑如此粗暴，但沈小雨作为一个曾经接受国家高等教育的知识分子并不因此而和他理论，她不愿和这种无知识无文化、愚蠢至极的人理论，一是斯文扫地，影响自己身价；二是对牛弹琴，竹篮打水一场空。于是，自那天后，她企望得到公婆的支持，请公婆教育他，让他收敛。

一个星期天，她乘公交车进城，找到公婆，将他的劣行向公婆诉说。公婆听了后，闷着不讲话，公公申德坤谎称开会离席而去，找他老战友聊天去了，婆婆李蟠桃深知这是老头子在耍花招，有意把难题交给自己，于是她便来个道高一尺，魔高一丈，说了句“你们年轻人的事我们管不着”，便钻进厨房去了，搞得小雨妹尴尬难堪，站也不是坐也不是，两眼泪汪汪，只好强打精神，到厨房与婆婆道别，悻悻离去。

当晚申是脑在厂部保卫室接到妈妈电话获悉小雨妹进城搬援兵的尴尬下场。母亲在电话里不但告诉他沈小雨到家“告状”遭冷遇的情景，而且还告诉他：“你那媳妇是个知识分子，臭老九，已经不得了，而且你那岳丈沈己见还是个反动学术权威。按报纸上说的，越有知识的人越反动，他们家简直就是个反动人家。人家当兵，在政审时，还看几代人历史是否清白，何况他们又是个现行的，这样下去，对你的影响，不言而喻，对你的进步和前途很不利，你不能再和他们继续搅下去了，只有干净利落，你的前途才有希望，不然你是要被牵连的。大丈夫要敢作敢为，尽快找个时间向她道明缘由，与其分手，天下的好姑娘多着呢……”

申是脑原本与老婆虽也吵也闹，但还不至于想到离婚这事，现母亲作了一番关于划清界限才有前途的说教，点醒了他。然而，他并不声张，接了电话回到家，钻进房间睡他的觉。他躺在床上，明是睡觉，实则辗转难眠。想想自己，当初父母被关进牛棚，几个姐姐又都各奔前程，自己一人孤零零，好在有冯老伯的点醒和教导，自己醒悟后，又得小雨妹不弃，组成家庭，在困境中相濡以沫，共渡难关。小雨妹知书达理，温柔伺候，知冷知热。而后自己受父母的影响，常常颐指气使，抓住人家的弱点欺负人，两三下不对劲就打就骂，百般虐待，闹到不可开交的地步。然而，尽管这样，知情知理的老婆仍满怀信心，挺着大肚子，乘车颠簸进城，企望通过父母教育自己收敛，重新合好。人家是那样的善良，那样的知书达理，现若突然提出离婚，实在是说不过去。他想了又想，一时心里隐隐作痛。但母亲已经明示了，必须划清界限，否则没有前途可言。

是时，申是脑陷入两难的境地，一面是母亲的忠告，另一面是老婆的深情，一时使他无所适从。在激烈的思想斗争中，他想起平时哥们常说的“老婆如衣裳，姊妹情义深”，把老婆当衣服，要就穿，不要就扔，只有兄弟姐妹的情义才是挥之不去、割之难却的深情。他想想后，便决心听母亲的话，作出了离婚的决定。

第二天，他找人代写了一纸离婚协议书，晚上送到老婆跟前，并对老婆说：“沈小雨，看来我俩的缘分也只能到此了，你就在这上面签个字，我们离婚吧！我们好合好散，不成夫妻以后还是朋友嘛。”是时，小雨妹接过他递过来的离婚协议书，接着听到他的那番话，脑子嗡嗡响，犹如晴天霹雳，几乎要晕倒。

她回过神来，即对申是脑说：“姓申的，你就这样无情无义吗？当初我顶着家庭和社会的压力，我俩才走到一块来。我和你恋爱时，我父母就极力反对，说你学历太低，与我组成家庭不适合，就算走到一起，也没有共同语言。社会议论也是如此，都说我俩学历差距太大。一个是小学肄业生，一个是大学生，极不相称。同时，更有些好姐妹反对，甚至有的还奚落我说，嫁给一个斗大字不识几个的人，倒不如终身不嫁，去当尼姑，一天念经修行都要好得多。别人把你贬到这种地步不说，还和我断绝关系，所以我俩结婚的那天，好些知心姐妹都没来，这你是知道的。家庭的压力，社会的成见，让我不堪重负。尽管我蒙受种种压力，但我念及我俩的感情，我俩才走到一块来，你还不知好歹，现在居然置往日情义于不顾，恩将仇报，良心何在？”

申是脑听了老婆一席话，一时语塞，无法对答。然而决心已定的他，也就顾不上那许多了，便从座椅上站起来，对着老婆大声说：“沈小雨，这婚你离也得离，不离也得离，反正我的决心是定了的。现在我明白告诉你，前不久你不是到我老爹老妈那里去告我的状吗，那天他二老对你的态度，你该明白才是。要说我们的婚姻，就目前抓阶级斗争的形势而言，可说是场误会，像我们这样的家庭，父母都是三几年参加革命的老干部，是红色的革命人家，我是他们的后代，根正苗红。像这样的家庭，能和你们这类臭老九结亲吗？再说你爹又是个反动学术权威，至今仍关在牛棚，以后能否出得来，还是个未知数。我爹就是因为他才吃的亏。前不久，组织上本来打算把他调到更重要的岗位工作，然而考察时，因有你们家这层关系，才被搁下。这事可把我妈气坏了。这是其一，其二是我自身的前途，也不得不考虑。我总不能一辈子当工人吧！如能和你离婚，不受你家的影响，再加上积极工作，到时当个车间主任也是有希望的，甚至当副厂长都有可能，我不能因你而丧失美好的前程。上次你到我家，我老爹老妈有意冷落你，原因便在此。他俩自走出牛棚，了解你家背景后，早就要我和你脱离关系，划清界限。只是我念在自己处于困境时你不离不弃，冲破重重阻力，与我结婚，我也只好哑巴吃黄连，没说什么。哪知前不久我爹遇上这事，他们再也不能忍了。老妈多次打电话催我和你离婚，我考虑再三，我俩夫妻一场，一日夫妻百日恩，不便开这个口，哪知你去告状，正赶上他俩有气没处撒，你自己送上门了。昨天老妈来电话，态度十分强硬，要我和你离婚，若不听话，她就不认我这个儿子，让我当一辈子工人。老妈话讲到这个分上，我也无法，只能请你成全我，在协议书上签个字就是了。”

小雨妹听申是脑把他老爹仕途的不顺和日后他自身的前途全都怪在她和父母的身上，好比自己家就是他们家的灾星似的，很是气愤，遂赌起气来，答应说：“我成全你。”于是从抽屉里拿起笔，唰唰地在协议书上签了沈小雨三个遒劲有力的大字，递给申是脑说：“字签了，我就等着看你老爹当大官，你当主任和厂长吧。”说完冷笑一声，睡觉去了。

申是脑接到沈小雨签了字的协议书，一时激动不已，不顾夜深，急忙奔向保卫室，打电话告诉老妈。老妈听了消息如释重负，十分激动，她叮嘱儿子说：“既然她已签字，你就得趁热打铁，凡事要抓紧，抓而不紧等于不抓。明天你就带上相关资料和户口本，约她先到民政局办离婚手续，而后到辖区派出所办理销户事宜，力争一天办完所有应办之事，这样你就解脱了。”申是脑在电话里连忙答“是，是……”

第二天，申是脑破例起个大早，且还笨手笨脚地煮起早餐来，待小雨妹起床，洗漱完了，桌上已摆好两碗热气腾腾的刀削面。小雨妹感到很惊讶，申是脑不等她说话，便招呼说：“早餐已煮好，快来吃，吃了好上民政局去办手续。”小雨妹听了，啊的一声说：“原来如此，我还以为今天的太阳要从西边出。我俩结婚这么久，你第一次做早餐，你说太阳该不该从西边出？”小雨妹的讥讽让申是脑一时满脸涨红，无地自容，恨不能找个地洞钻进去。

吃过早餐，他俩乘着公交车向城里进发，下了车，申是脑走在前，沈小雨挺着个大肚子跟在后。到民政局，接待他们的是个老阿姨。老阿姨姓韩，叫韩丛珍，她带着副老花眼镜，人显得很严肃。她看完离婚协议书后，将眼镜拿下来，很认真地看着他俩，问申是脑：“你旁边站着的是沈小雨吧？”申是脑答说是。韩姓老阿姨听到他的答复后说：“既是沈小雨，那么你们这婚不能离。根据相关条例规定，但凡男女双方要求离婚，在女方有身孕期间，不能办理。条例规定十分明确，现在沈小雨不是怀有身孕吗？是不能办离婚的，即便办也还得等沈小雨分娩后再议。”

说到此时，她转过话头问沈小雨：“你这孩子几个月了？”沈小雨答说6个月了。老阿姨说：“按十月怀胎加坐月子算，至少也还得等半年以后，你们先回去。这半年的时间，我作为老大姐，向你俩建议，婚姻大事要慎重，不要草率离婚。家庭背景也好，个人出身也罢，这都不是自己所能选择的。出身好，根正苗红，是先天的好事，但如不加强世界观的改造，同样也会变质，张子善、刘青山十几岁就参加红军，在战争年代立了不少功劳，好容易盼来革命胜利。革命胜利后忽视思想改造，不也出问题了吗？关键还要看个人的觉悟，不能因家庭背景复杂，就抛弃糟糠之妻，夫妻还是原配的好。依据你申是脑刚才自述的，当时与沈小雨结合时父母处于困境，几个姐姐又离你而去，你孤身一人，由此说明你们是患难夫妻，现你父母官复原职，你就忘却了困苦时期夫妻相濡以沫之情义，从良心上讲，从道义上说，你对得起人吗？”

韩丛珍语重心长，苦口婆心地教育申是脑，企望他俩，尤其是申是脑能回心转意，保全他俩的小家庭。哪知申是脑非但听不进去，反倒在韩丛珍讲到“你对得起人吗”带有质问性的一语时火了。“你说的什么米呀，糠呀，我听不懂，这都是你们民政局糊弄人的伎俩罢了，这套把戏，你拿去对付其他人得了，我，你是糊弄不得的，请别卖弄。你卖弄什么我都是不买账的，反正这婚我是离定了的。离也得离，不离也得离，劝你尽早收起你的这套把戏吧，免得白费口舌。”说了竟转身就走，把小雨妹一人丢在民政局，扬长而去。

他之所以急着走，是想把在民政局遇到的情况告诉他那当处长的老妈。他深知老妈多年身居要职，在计划经济年代，物资短缺，找她办事的人络绎不绝，兴许母亲能有好法子说动这老妈子（指韩丛珍），尽快把这事作个了结。所以，自他离开民政局，几乎是一路小跑，到省商业局物质调配处找到老妈，把门关上，一五一十地将在民政局遇着的情况告诉老妈。

老妈听了，一时感到为难，因她对姓韩这人是了解的。韩丛珍是个办事既认真，又原则性极强的人，不要说有明摆着的白纸黑字的条例了，便是没条例的事，只要她认定是正确的，便是九头牛都拉不回，在省城谁不知民政局有个原则性极强的韩丛珍。由于李蟠桃对韩丛珍太了解，她也不便使什么招，只好对儿子说："你碰上她，算是倒霉了，我也没什么法子，只能按她说的，叫咱们等，咱们就等吧，好事多磨嘛！"

而后她又安慰申是脑说："叫咱们等也不是没有希望，希望是有的，不也就那么几个月的事吗？几个月时间快得很，一晃即过，你要有信心，留得青山在，哪怕没柴烧。但这几个月你必须紧守自己，千万不得再与沈小雨那臭老九拉拉扯扯，反正眼下夏天已到，你就随便拿床毯子在沙发上睡，让沈小雨在里屋睡，白天照常上你的班，饭就在食堂吃，如食堂伙食不好，每月你来家里扛几箱罐头去补补身子，也算可以了。每天吃过饭要么去厂区散步，要么找朋友玩，打发时光。一句话，千万千万不得再与那臭老九拉拉扯扯。我刚才所讲的话，尤其是其中的几句'千万'，不知你听进去了没有。听妈妈的，把这几个月熬过，我们再和那姓韩的计较。只要臭老九不变卦，把孩子生了，即便民政局姓韩的再怎么讲原则，也是无可奈何。婚姻法规定，结婚自由，离婚自愿，我就不相信这婚离不成。"

申是脑从母亲那里回到厂里的家，秉承母亲的旨意，对沈小雨不理不睬，晚上拿了床薄被，独自在客厅沙发歇息。初时倒也可以马虎应付，然随着气候的日渐转暖，那蚊子便把他当猎物，不断向他发起进攻，在耳边嗡嗡叫，拍打了右边这只,左边又来一只,待他打了左边这只,右边这只又来了,搅得他难以入睡。哪知厨房里的耗子又来凑热闹,窜来窜去,一下从那边窜去,一下又从这边窜出。蚊子加耗子,顾哪头都不是,搅得他心烦意乱,夜不成眠。他自己受苦也就不说了,连沈小雨也跟着受罪。他一下拍打蚊子,一下又捅耗子的,乒乓乒乓直响。尤其在捅耗子时,碰到厨房的盆呀、锅呀,发出阵阵响声,把沈小雨吵醒,跟着受苦。

数着天数过日子的申是脑,艰难地熬了几个月,总算是到头了。一天上午,当太阳从东边地平线上冉冉升起时,沈小雨可爱的孩子伴随着太阳的光辉降生了,是个男孩,白胖白胖的,脑壳很大,模样就像妈妈那样漂亮可人。

沈小雨生下儿子后,公婆申德坤和李蟠桃非但不因申家添丁生子、后继有人而感到高兴,反而连面都不出,好像不是他俩的孙儿似的,作为儿子父亲的申是脑也跟着父母学,不闻不问。他一天照样上他的班,照样散他的步,要么东家玩,要么西家串,玩够了回家睡他的觉,从不关心沈小雨。更可恶的是,朋友、亲戚给沈小雨送来的鸡蛋等食物,他偷偷地选好的、选大的送领导、送他的哥们,做人情,给自己脸上贴金,弄得沈小雨啼笑皆非。沈小雨坐月子全由她母亲一人忙上忙下,照顾和料理。

坐完月子,申是脑的母亲李蟠桃,像算命先生似的,掐指一算,看时间到了,便迫不及待地打电话催申是脑去办离婚手续。一天上午,他嬉皮笑脸地走到沈小雨的床侧,假惺惺地问候说:“现在康复了吧?”沈小雨已猜出他的来意,便板起脸,对他说:“你这是醉翁之意不在酒吧?我看你是因为时间到了，来约我去离婚的吧？”沈小雨一句话让申是脑一时尴尬难堪，脸一下红到耳根，好容易挤出了一句话说：“也不全是这样。”接着沈小雨严肃地训他一顿说：“你身为男子汉，应光明磊落，要说什么就来个痛快的，何必扭扭捏捏，何况这离婚的事，早在前几个月就约定了的，只不过是时间问题而已，时间到就该办，用不着绕弯子，更不用虚情假意。”面对沈小雨的一番训斥，申是脑一时张口结舌，无言以对。

沈小雨训斥他一番后即说：“我成全你，把离婚手续办了。早办早解脱，免得我这个家庭背景复杂的人影响你的前程。我外祖父江与时曾当过国民党的县长，我的父母和我又都是臭老九，像我们这样的人家，在你们家人的眼里，怕是漆黑一团了。所以我说，早办早解脱，免得以后你们家的人当不上官，把责任全赖在我家人的头上。”说了即翻身起床洗漱，用过早餐，便和申是脑一道乘车去民政局。

他俩到民政局，仍然是韩丛珍老阿姨接待。韩见是他俩来，也不再说什么，只是对申是脑说：“小申哟，按照你俩在协议书上写的，孩子交由女方沈小雨抚养和监护，你每月付给18 元生活费，直至孩子成年（18 岁），这条你须认真履行，不可耍赖哟。”申是脑急忙点头说是。而后，韩本着结婚自由、离婚自愿的原则办了手续。跟着他俩又到派出所把申是脑的户口从户口册中拿掉，这桩令沈小雨十分苦恼的婚姻也就结束了。

他俩离婚后不久，“文化大革命”也随之结束，粉碎“四人帮”，拨乱反正。沈小雨的父亲沈己见得到平反，恢复名誉，补发工资，重回三尺讲台，为党的教育事业继续做贡献。

随着拨乱反正工作的深入开展，党的各项事业也随之振兴。搞四个现代化建设，国家起用人才，沈小妹从车间调任厂部办公室主任。领导的信任使她备受感动，把孩子交由已退休的母亲江东惠照料，不分白天黑夜，一心扑在工作上。

申是脑的老爹申德坤在一次出差途中，因车祸不幸去世；老妈李蟠桃，因其夫君的不幸，过于悲恸，郁忧成病。病愈后无心工作，向组织申请离休得准。儿子申是脑不听话，娶了门不当户不对、做粉摊小生意的许星丽，她一气之下，搬到大姑娘申是英家里休养。申是脑另外的几个姐姐，也因工作需要各奔东西，离申是脑而去，申是脑仍留在303厂车间当钳工。

家庭的骤变，再加上他所娶的许姓老婆把他折腾得死去活来，此时的申是脑，犹如变了个人似的，话不多讲，也不出去玩，一天上班下班，吃饭睡觉，一天天周而复始地打发日子。生活的折腾，使他懂得人情冷暖而外，更想念沈小雨的温情。人家是那样的知书达理，处处小心谨慎，对自己是那样的体贴入微，那样的关怀备至。是自己无主见，受父母偏见的影响，全家人扭成一股绳，对付人家，冷眼人家，直至逼人家离婚，以示划清界限。这都是自己酿的苦果，现在娶的许姓老婆，是个无正当职业的人，一家四口（许姓老婆与前夫离婚后带着许铃、许铛两个姑娘）就靠自己那点微薄的工资收入和她那粉摊生意维系，是够艰苦的了。艰苦也罢，更主要是许姓老婆是个大字不识、缺乏教养的人，明明家里的生活过得已够艰苦的了，她竟处处与别人攀比，见人穿什么就想穿什么，每月所得的收入都耗在穿着上，把她两个女儿也打扮得花枝招展的，而家里饭桌上则是天天素食，日日玻璃汤。自己生于官宦人家，从小享受富足生活，何况现又是个工人，整天就是做工，体力消耗大，营养跟不上，可是个要命的事。于是一天夜里，他趁许铃、许铛出去玩的机会，轻言细语地向许姓老婆建议说："前些日子你把收入都用在穿着上，天天吃素，似乎有失偏颇，这是厚穿亏嘴的做法。长此以往，一是我的身体已撑不住了，二是许铃、许铛两个姑娘正在长身体，营养跟得上，才有利于身体健康，能否调整一下，让我们也能多吃点肉！"

申是脑既利己，又利于两个小孩的一番建议，按说是在理的。哪知许姓老婆听了后，一下从坐凳上站起来，既凶又恶地跺着脚，撒起泼来，骂开了："古话说的，嫁男嫁汉，穿衣吃饭，老娘嫁给你这么久，你从没给老娘买件衣服裤子，什么事都是老娘我自己考虑，你还好意思讲什么有失偏颇，老娘我听不懂。如你觉得过不下去，那么咱们就离婚。天下三只脚的男人没有，两只脚多的是，莫非老娘怕你不成……"申是脑被骂得狗血淋头，无可奈何，只好低着头蔫在一边，连气都不敢出。申是脑这时又想起沈小雨来。他想起和沈小雨生活的那些年，她从没有骂过自己，只有自己经常骂她，现和许姓婆娘生活，刚好反过来，这莫不是老天爷有意安排，让这个母夜叉来替沈小雨报复吗？真可谓"一里还一踏，萝卜炒酸辣"，报应呀，报应！申是脑正浮想联翩时，那许姓婆娘突然吼起来，骂说："你这窝囊废，连亲生母亲都不要你，抱着大把钱到你大姐那里去，给你姐姐肥上添膘，你这穷鬼分文不沾，你呆头呆脑地待在这里干什么，老娘看你心就烦，还不赶快滚去屋里。”申是脑听了，立马站起来走向里屋去。

此后随着改革开放的深入发展，303 厂进行体制改革，申是脑没文化，下岗后每天到许姓婆娘的粉摊当助手，收拾碗碟洗盘子混日子。沈小雨有文化，到企业发挥她的聪明才智。她毕竟出身书香人家，修养好，肚量大，自她与申是脑分手后，见申是脑处境不佳，想起夫妻一场，一日夫妻百日恩，也就没有追究他对儿子所承诺的抚养费，全由她一人既当爹又当妈，把儿子抚养成人，直至大学毕业。儿子毕业，考取公务员，为国家做事。

沈小雨调到新的工作单位后，在全国科学大会精神的鼓舞下，为把“十年浩劫”耽误的时间补回来，多为国家做贡献，每天上班，人家未到她先到，下班人家先走她后走，抓紧时间，潜心工作，不把自家的生活放在心上。父母看在眼里，疼在心头，尤其母亲江东惠更心疼她。一天夜里，母亲趁她心情好，便关切地对她说：“雨儿，你一天拼命工作，这是对的，我和你爸打心里高兴，同时也支持你。过去我们这些臭老九，报国无门，想工作没法施展，现‘四人帮’被粉碎，国家召开科学大会，明确科学技术是第一生产力，启用知识分子调动广大知识分子的积极性，是我们知识分子，大有用武之地的时候了。你不用扬鞭自奋蹄，努力工作我们赞成。只是你在做好工作的同时，也应拿点时间考虑你自己的个人生活才是。现你不过才四十来岁的人而已，下半生的日子还长着，总不能老是单身过吧。我那外孙申孝立，立业成家，为国家做事，但他毕竟身居外乡，再加上他是公务员身份，领导身边的秘书，一天跟着领导跑，忙上忙下的，连自身都难顾及，哪有时间照顾你，你母子俩一年难见一次面，这是其一。其二，现在我二老尚在，还可照顾你，然而，按自然规律，人没有哪个不死，人终归都要死，到时我和你爸都走了，你又怎么办。更何况，我俩都走了，到时候你已不像今时这个样，能吃能做的，说不定变成个白发如银、起居不便的老太婆也未可知。如是那样，还得有个老伴照顾才是。”

沈小雨不以为然地说：“有什么可担心的？退休后，老了，就搬去跟儿子、儿媳住，不就有着落了吗？”

“儿呀，你没走到那一步，你是无法体会其中的酸甜苦辣。就拿我自己说吧，我生你两个哥哥和两个姐姐加你五个儿女，人家说我怀下有两公子三金花，老来每个子女随便拿点什么的，就有吃不完的了，真是个福气人。然而实际又怎样呢？你们五姊妹，我人人三年哺乳，夜夜抱眠于身边，好容易长到七岁，送学启蒙，让你们吃饱穿暖，无限辛劳。而后大家都成家立业了，各奔东西，最终还是我二老厮守相伴，有时想见见家孙或外孙也都很难。你的两个哥哥雨勤、雨落，雨勤在外地工作就不说了，离得近的雨落，不说要见他儿子了，连他本人都难见一面。有一次你爸晚间突然发高烧，可把人吓坏了，我一个老太婆又从不曾遇着这种事，一时慌得手足无措。是时，我打电话给他，他慢吞吞的，一点不着急。最终算是来了，把你爸背到医院。高烧退了后，按我的想法，留他守夜，以防不测。万一有事，他年轻灵便，便于应付。哪知他说不行，说什么明早有个重要学术会议，领导安排他作重点发言，好些材料尚未准备好，还得赶回去加以整理，说了就走。到头来，还是我这个做老伴的陪着。平时几个家孙也不见来，你两个姐姐偶尔带外孙过来，但每来一次，屁股尚未坐热就要走。有次你雨欣姐来，坐了会就说她公公有病，要忙去帮公公抓药，说了就走。又有一次你雨荣姐来，沏的茶水还没喝完，即说她婆婆要去后家吃酒，要她陪着去，又是一阵风似的去了。都是他们公婆要紧，唯我二老不打紧，大家可以不管。”

“我今天这么说，也并非是数落他们，只不过举个例子，讲讲而已，你别往心里去。她们之所以那样做，也并不等于她们不想我们二老，然而世事就那么现实，她们不走也不行，嫁出去的姑娘，就得伺奉好公公和婆婆，不让走，那是为难她们。可她们一走，到头来不也是我二老相伴吗？我今天给你讲这许多，说来说去，说到底儿女是靠不住的。现就说你吧，我说了也不怕你多心，倘若你不离婚，恐怕你也难和我们住这么久的时间，早就去经营你那小家庭去了。这些年让我体会最深的是，在你爸被关进牛棚的那些年月，你们人人自保，不曾有人去看过你爸。即便是偶尔去，也是晚上，偷偷摸摸去，偷偷摸摸回，生怕别人看见，影响你们的前途。当然在那个年代，以阶级斗争为纲，阶级斗争这根弦一点不能放松，你们年轻人，为保住饭碗，避嫌也是情理之中的事，但我就是不怕。我之所以不怕，那是因为老天爷已把我和你爸拴在一根绳索上，成了一条藤上的蚂蚱，患难与共的夫妻。因此，感情和良知驱使我，不顾生死地去看望他，安慰他。你看这不就是老伴的好吗？所以我希望你，趁此时，年纪还不是很大，找一个合适人选，组成新家庭，老来有个伴为好。”

沈小妹听了老妈一席情真意切的劝说，心有所动。忆起离婚以来,一个人带着一个嫩娃娃,又忙于工作,好在有爹妈帮助,帮带孩子,料理家务,自己才轻松一点,才能安心工作,要不然这日子是没法过的。现儿子虽长大成人,且又有工作。但按老妈说的,儿女是靠不住的,这话虽有点悬,然而并不是没有道理。就拿自己说,在不曾与申是脑离婚时,对父母的关照也是不够的。正如人所说的,父母对儿女的爱和给予,是百分之百,然而子女对父母的回报是万分之一,真是可怜天下父母心。

沈小妹在回首往事和自责后,深感老妈的一片良苦用心,是对自己的爱和负责。说千道万,还是自家的父母好。遂对老妈说:“妈,女儿听你的!”

之后,有一乜姓男子,叫乜也荣,从部队转业地方,安置在B省的石油集团工作。当年他念完高中,时值国家征兵,于是放弃高考,报名参军。到部队因有高中文化底子,再加上本人工作积极,得到领导的重视和培养,送到军校读书深造。毕业回部队即任连长,跟着不久又升任营长。在任营长期间,对越自卫反击战开战,主动请缨得准,带着一营兵力上前线,身先士卒,冲锋陷阵,打了好几个漂亮仗,在火线上荣升团长。对越自卫反击战结束后,留在部队继续工作了几年,因为年龄偏大,组织安排他转业。他在念中学时和小雨妹曾是校友,且彼此间较为熟悉。

乜也荣从军的第四年,从部队请假到鲁成县和青梅竹马的同班同学鲁一馨结婚(鲁完成学业后分到鲁成县工作),生有一子,名叫乜丰收。然而有了妻室的乜也荣,因职业特殊,很少回家。而妻子鲁一馨,本身是个比潘金莲有过之而无不及、风骚成性的女子。她独守空房，把持不住，居然缠上了邻居杜贤双，杜贤双的老婆是植物人。他俩就像烈火遇着干柴，一下就“燃”了。鲁一馨自遇上杜贤双后，就一发不可收拾，得了一回想二回。她一边仗着老公远在他乡，鞭长莫及，管不住她，另一边又欺负杜贤双老婆病魔缠身，动弹不得，无可奈何于她，无所顾忌地长年与杜贤双姘居。

他俩的龌龊行为，乜也荣有所耳闻，气愤之下，他决定离婚。乜也荣一说要离婚，老婆赶紧下跪求饶，哭啼着请求原谅，给她一次机会。但下定决心的他，即便老婆哭干泪水，哭动山河，皆不予理睬，老婆没办法，只好同意。老婆虽是同意了，但恬不知耻的她，竟然转换面孔，像不曾发生什么事似的，板起个脸，又凶又恶地说：“你提出离婚我同意，但你也得想想，自我俩结婚以来的这些年，你有几天在家，有几天和家人团聚过？你要么说部队训练忙，要么说部队打仗这忙那忙的。且还口口声声对我说，军人要服从命令，军事行动要紧，保土卫国是大事，在国家需要时，必须舍弃小家，顾全大家。我俩入洞房的第三天便离我而去，让我独守空房。后来我生下儿子乜丰收，指望你来照顾我。哪知你来了几天，又强调部队忙，匆匆来匆匆去。我有丈夫等于没有，一年365天，夜夜守空房，睁着眼睛看天花板，是你耽误了我。我之所以走上这条路，在某种意义上讲，是因你而起，是你造成我的堕落。刚才哭着向你求饶，你居然不想想这些，执意分手而后快。分手就分手，我同意，但你对我这些年的耽误，必须给予补偿，不然，我是不会轻易放过你的。至于怎么个补偿法，如果我一下要你拿个十万八万，也是不现实的。因你是部队安排转业的，并非是一次性退役。如果是一次性退役，得钱多，倒还有可能。再加上你每月又都给家里寄钱什么的，量你是拿不出钱了的。所以，你就拿你在石油集团工作的工资卡给我，由我来领取你的工资，直至你到龄退休方还你。”

说到此时，她稍顿了下，并斜着眼看了乜也荣一下。然后又接着说：“我就这么个意见，看你能否接受。倘若你接受得了，同意我的意见，把工资卡交给我，我和你到民政局办理离婚手续，终止夫妻关系，你走你的阳关道，我过我的独木桥。至于孩子乜丰收，他现已成年，按政策规定，你不用再给他生活费了，但必须留在我身边。至于他的工作、婚姻大事等等，鉴于他姓乜，是你的亲骨肉，是你们乜家的血脉，在你记得住、想得到时，该拉的拉他一把，该辅助的给点辅助，那是你个人的事。”她说了后即直呼乜也荣的名字说，“乜也荣，我该说的都说了，该讲的也都讲了，现就看你的了。”

乜也荣听了鲁一馨的一番话后，一时心绪难平。按他的想法，姓鲁的不守妇道，做了对不起他的事，犯了欺夫之罪，同时又犯国法，不告她已够宽宏大量了，哪知她竟诉起苦来，并把出轨的责任全推到自己头上，把无理说成有理，到头来，还要补偿她。她这一突如其来的招法，乜也荣始料不及，被她难住了。然而，他离婚心切，巴不得一下把这顶绿帽给扔掉。其次，她所说的虽然荒唐，但话糙理不糙。这些年来，自己身置兵营，一天忙于工作，很少顾及她母子俩，便是每年的探亲假，有时也因工作需要，不等假期结束，接到命令就走。一年没几天在家与她母子团聚，这倒也是事实，更主要是家里大小事均由她一人顶着，既带娃娃又要工作，有时又要应酬外事，说来是够呛的。自己每月不外乎就寄点钱而已，别的什么忙都帮不上。想到这些，他深感这些年来是有点亏欠她母子俩，觉得今时分手，她提出这么个要求，撇开她的越轨行为不说，也不算为过，补一补过往的所欠也是应该的。再说自己距退休年龄，也仅仅 5 年时间。这 5 年的工资就算全给她，补偿补偿儿子和她，亦是可以的。况且自己在部队时积攒的私房钱和离开部队时给的费用，以及现在单位每月所发的奖金、加班费等，加在一起，非但生活过得下去，且还绰绰有余，即便打点小麻将也都不成问题，失去了工资卡后，生活尚能维持。

至于她的不轨行为，按“宰相肚里能撑船”的典故之说，也当放她一马。宰相肚里能撑船，说的是宰相王安石丧妻，续妾姣娘。王安石公务忙，很少在家，姣娘与仆人偷情，被王安石得知。一日王安石谎称上朝，果然发现姣娘与仆人偷情。王安石火冒三丈，正想抓个“现行”，可转念想，自己堂堂当朝宰相，此事传出去难堪，正在这时，他看见大树上的乌鸦窝，灵机一动，便举竹竿向上捅了几下，仆人听见乌鸦叫，以为有人来了，便慌忙跳窗而去。事后王安石一直装作若无其事。中秋节那天，酒过三巡，菜过五味，他吟了首诗：“日出东来还转东，乌鸦不叫竹竿捅。鲜花搂着棉蚕睡，撇下干姜门外听。”姣娘听了，知道事已败露，吓得跪倒在地，随即也吟了首诗：“日出东来转正南，你说这话够一年。大人莫见小人怪，宰相肚里能撑船。”王安石听了转怒为喜，心想算了，不如成人之美吧！于是他就把姣娘许配给那个仆人。这事传出后，人们对王安石的大度非常敬佩。后来“宰相肚里能撑船”

就被用来形容一个人宽宏大量。乜也荣想及此，堂堂宰相尚且如此，也就不再气愤了，至于几年的工资她要就要吧！即答应下来，写离婚协议书，双方签字。鲁一馨签了字后，乜也荣当场就把工资卡交给鲁一馨。于是他俩到民政局办了离婚手续。

离婚证到手，乜也荣成了单身。有一年春节他回老家过年，故朋旧友和同学们知道他来了，一起来到他家，大伙聚首，忆忆童年往事，聊聊恰同学少年时的美好时光。朋友、同学得悉他已离婚，现是单身一人，于是聊得更起劲，人人都想帮他的忙，撮合他重组新家庭。遂你提张三，我提李四，提了好几个女生的名字，加起来共七八个人选。乜也荣听了，笑着说："朋友、同学关心我，我表示感谢，只是你们提的也太多了，没个重点，叫我要哪个为好？再说这么多，我也要不完。我们国家婚姻法规定一夫一妻制，你们让我要那么多个，违反婚姻法坐牢，怕你们不好送饭吧！再说了，七八个我也养不起呀。"说完就笑了起来。他的幽默风趣，惹得大家也跟着一阵哈哈大笑。

是时，有个叫聊表心的老兄，站起来说："大伙笑归笑，我们还得言归正传。刚才大家提了那么多个，老乜说要有重点，这话不无道理。所以，按我的想法，是否把刚才所提的人选，排排队，逐个权衡、分析，从中挑出一两个作重点介绍，以便老乜考虑。依我个人的想法，刚才所提及的人选中，我认为沈小雨较为合适。一是她和老乜是中学时期的校友，彼此认识；二是沈小雨人长得端庄、漂亮，人称校花之一；三是她聪明伶俐，温柔贤淑，现虽年逾四旬，然而风韵不减当年，是个人见人爱的好女子。只因时运不济，嫁了个叫申是脑的工人不说，还嫌她是臭老九，一家人欺负她，迫不得已才分的手。现在单身，在一家还不错的企业供职。所以，我认为，刚才大伙所提及的这些人选中，她是最合适不过的了。请大家考虑，同时也请老乜想想。我们在座的人，只不过提点意见，供参考，鼓鼓劲，到头来，作决定的还是你自己。尤其婚姻大事，不可马虎，更不能生拉硬扯。”

聊表心话音刚落，大伙一起喊说：“好！好！这个意见好！这个意见我们赞成。”大家边喊边看乜也荣，弄得他怪不好意思。是时，他坐也不是站也不是，只好在那里装憨。乜也荣虽装憨，但说到沈小雨，他心中是有数的。当年在学校读书时，他对沈小雨早就动了心的，只不过当时还在上学，不好表白而已。而此时，他俩都单身，今日同学、朋友提及，正中下怀，心里喜滋滋的，可谓是有缘相会不恨晚矣。可此时的他仍在装憨，既不表态又不说话，大伙急了，有个叫李子木的同学忍不住说：“老乜，大家都在为你的事着急，可你仍在装憨，到底是什么意思？愿不愿意，你得表个态才是，不然大家又怎么知道你的想法呢？”这位同学话刚落，大伙便又起哄说：“是的！是的！你得表个态，不然要急死我们了。”

此时乜也荣再也不能往下装了。于是，他站起来说：“同学、朋友们的关心，我表示感谢，只是现在有个问题，刚才大家所说的，也仅只是我们大伙，包括我在内的一厢情愿，还不知道人家是否愿意。所以，我还得拜托同学们，好事做到底，帮忙帮到头，让我早日有个家。”

听了乜也荣明确的表态，大家一时拍起手来，个个高兴，人人欢呼，整个房屋差点被他们的笑闹声掀翻了。是时，又是聊表心站起来说："是的，刚才老乜说得好，我们大家在这里闹了半天，不外乎也只是个一厢情愿的事，说明老乜考虑问题，比我们要周到得多，毕竟人家是当过团长的人。那么所说的一厢情愿，言下之意就是说我们的工作只做了一半，还有一半没有做，而且未做的这一半工作，将遇到什么样的困难和问题，其结果又怎样，现在还是个未知数。同学们，任重道远呀！那么这事依我的想法，既然老乜已有了明确的态度，不妨趁热打铁。我给沈小雨打电话，就说我们大伙在搞同学聚会，请她明天务必赶到，说我们大家很想她。她不来则罢，一旦来了，那么这一半的工作不也就做了吗？待两边的工作都做好了，再来一个趁热打铁，把他俩赶进洞房，到时大家只管喝喜酒就是了。"聊表心话到此时，便以征求的口吻，问同学们，这法子是否可行。同学们不约而同齐声说："好！办法很好，办法可行。"

在大伙赞成的同时，聊表心在包里摸出手机，拨通了沈小雨的电话："喂，你是沈小雨吗？"沈答："是的，请问你是哪位？""我的声音你听不出了吗？我是聊表心呀，连我的声音你都听不出了不是，真是刀不磨来锈封口，人不往来情谊疏了。"当沈小雨得知对方是老同学聊表心时，一时激动不已，寒暄了几句后，沈小雨问："你突然来电话，莫非有事不成，若有事尽管讲，有需要我办的，我尽力而为。"聊答道："算你猜对了，是有事，但这事并不难办，是件你举手之劳的事而已。是这样的，我们古镇上的同学，自离家外出工作后，各奔东西，很难相见，今年大伙都回家过年，且男男女女，来得比较整齐，包括原来远在边防线保卫国家安全，现已转业地方的乜也荣也来了，唯独少你一人，现大伙正在他家玩。大伙提到你，很想你，更想和你见见面，交流交流，加深感情。与此同时，打算搞个同学会，大家聚一聚，照张相什么的。所以，大家推举我，由我代表同学们，正式邀请你前来参加。时间紧，要求明天即到。我想这事对你而言，怕也不难吧！现在是春节放假期间，而且你的住地隔老家也只是一晨之路，况且交通又方便，乘上午 8 点的车，12 点即可抵达。希望你赏光前来参加，那大伙就皆大欢喜了。”

沈小雨听后，因其手头还有些活儿，本想推辞，但转念一想，同学们聚会是件不易之事，况且又多年不曾和同学们见面，尤其是乜也荣同学也来了。乜也荣在校时，虽高自己一个年级，但由于他学习成绩好，是个顶尖人物，所以同学们都认识他，更何况他和自己又都在学校的文艺队，学校组织表演《白毛女》，他扮演大春，自己扮演喜儿，曾同台搭过档。自从他从军以来，不曾见过面，只听一些同学说，他在部队进步很快，已当了团长，也想见他一面。经考虑，即答应明天赶早班车来。

聊表心得了确切的答复，很是高兴，即道：“好！那我们大伙等你。”说完即把电话挂了，而后将电话内容一五一十地告诉同学们，大伙听了，一时为之感到高兴。在高兴之余，同学们你一句，我一语，七嘴八舌地议论开了。有的说，若她真能来，那么我们即按老聊所言的既定方针，把她搞定。接着又有个同学说：“搞定是必然的。搞定她，是这次大伙聚会的目的和宗旨，这是人人皆明白的事。只是在方法上还得讲究，总不能说人家来了，叫她坐在大伙中间，跟着大伙围住她，像斗地主似的，你一句，我一言地说开。倘若那样做，效果不一定好。”这位同学的见解，大伙亦有同感。是时，又有个同学说：“的确在方法上还得考究考究，不然本是件好事，搞不好，弄巧成拙，岂不是公公背儿媳过河，力也费丑也丢，多难堪呀。”这位同学这样说，大伙感到的确是个问题。于是，一时静了下来，你看我，我望你，拿不出个好主意来。

这时，有个叫肖玉岚的女生说：“按我的想法，明天上午，你们男生就别管了，由我们几个女同学到车站，接她到我家来，由我们几姊妹先和她聊。在她聊得开心时，我们先用些话旁敲侧击，试探试探，让她心中先有个底，然后根据她的反应，再加码。若再加码后她不反对，事有八九分把握后，我们即和老聊先沟通，让老聊心中有数，便于下午集中时好发挥，点破这层意思。老聊把事点破了后，大伙必须附和，给她施加压力，让她就范，干也干，不干也得干。之后，大伙吃完饭，打的打麻将，玩的玩扑克，留他俩单独谈心。大家看这法子行不行。”待肖玉岚讲完，大伙觉得是个好办法，表示赞成，同意按此法进行。

第二天肖玉岚约了李宁娜、石顺珍、陆翠香等好几个女同学，十点来钟赶到车站迎候。她们到车站不久，沈小雨乘坐的车到了，不待车停稳，沈小雨在车窗一眼就看见几个同学，急忙从车窗伸出头打招呼，然后才慢慢下车。她和同学们一一握手，而后走向肖家。到肖家，肖母看着姑娘带来这么些朋友和同学很是热情，尤其对多年不曾见的沈小雨更是热情，拉着她的手，问这问那，说个不停。待大伙入座后，肖玉岚把母亲已备好的饭菜端上桌来，大伙上桌进餐。

饭后肖母休息去了，几个同学留下来聊天。大家聊得正开心时，肖玉岚抓住机会，以老大姐的身份，关切地对沈小雨说：“小妹，这次大老远请你来，一是我们大家同学分别多年，这些年我们大伙为工作，为生活各奔东西，各自忙各自的，很少见面，好在今年不管在远在近的都回来了，特别是乜也荣自出去当兵后，一直没有回来过，想不到今年他也来了。这次大伙一听说他来了，便不约而同地赶往他家看望他。在叙旧时，大伙深感时间过得真快，一晃几十年过去了，男同学有的成了小老头，女同学结婚早的，都有孙子了。所以，大伙想趁此机会搞个同学会，叙叙旧时的美好生活，与此同时，集体照张相作个纪念。另一个意思是，大伙闲谈中，得知老乜已和其妻离婚，现单身独过，有点孤独，大伙可怜他。同学们想到你也是单身，有心撮合你俩走到一块，重新组合个新家庭，相伴过日子。这是这次请你来的主要意思之一，现就看你的了。至于说到老乜的情况，不用我介绍，你是知根知底的。他仍是那样，朴实厚道，为人不错，但凡他看准的人，他是巴心巴意、有情有义的。他之所以和妻子离婚，是因其妻背叛他，红杏出墙。”

肖玉岚说了后，李宁娜、石顺珍、陆翠香等几个同学也各自从不同的角度附和了一番。沈小雨听了几个同学的意见，她们所讲的和母亲前不久说的意见大致相同，大体都是，人要有个归宿，到老了有个伴为好。于是她心有所动。但其中让她考虑得最多，又难于解开的难题是，乜也荣有个儿子，自己也有个儿子，一经结合，那么对于他的儿子，自己便成了后妈,而对于自己的儿子,他即为继父。若结合成家,自己能否接受他的儿子,而他又能否接受得了自己的儿子,这些都是不能不考虑的事。如若不考虑好,就很被动。虽两人相处得好,但有时也常常因孩子的事,难免带来些不愉快。这事对她来说是最为纠结的了。此时的她,又想到世人常说的“正午的太阳,后娘的心”,这话按字面理解,正午的太阳是毒辣的,后娘的心是极狠的。按此说,自己先就得背上这名。在以后的生活中,不管如何努力,善待也好,视如己出也罢,都要有人往邪处讲。人们要讲,那是因为你是后妈。后妈在人们的心目中,大多是心狠手辣的角色。她越想越怕。此时的她,脑海里又闪现着与申是脑相处的那些岁月的苦楚,其心更发怵。

在这样的情况下,她把难题向同学们摊开,并表示谢谢同学们的好意,宁可单身独过,不再招惹麻烦,苦着自己。同学们见她这样讲,原本兴致勃勃的几个一下心就凉了。但转念又想,她话虽是那样讲,实际她的心是动了的,只不过还有顾虑而已。几个同学一分析,按她的顾虑对症下“药”,继续做思想工作。肖玉岚说:“你所考虑的问题,的确是个实实在在的事,同时又是个必须面对,不可回避的难题。但按我所想,像你这样一个知书达理、性格温和、善解人意、聪明过人的人,是会处理得好的。再说人与人之间之处,实际归结起来,就是个人心换人心的事。既是这样,只要自己真心对人,人家也必定真心对你,人心换人心嘛!”听肖玉岚说到此,她也就解除了些许顾虑。何况自己的这点事,母亲又随时挂念,现同学们又热心撮合。再是老乜这人,自己也是了解的,对他，自己心中是有数的，何不顺水推舟。一是可了却母亲的心愿，不然她老人家总是担心，二是自己也有个归宿。经她再三考虑，终于向同学们说："同学们，我感谢你们对我的关心，我此生，命运多舛，生活坎坷，时至今日，已是几十岁的人了，仍要大家为我操心劳神，真是感激不尽。至于刚才所说的事，我听你们的。"沈小雨有了说法，大家极为高兴。接着大家聊了一会儿，然后按原计划的方案，到镇上的古昌酒店集中。走到路上恰好遇上乜也荣，在大家互打招呼的同时，沈小雨伸出手和他握起手来。当乜也荣用他那温柔的大手，紧紧地握住沈小雨那纤嫩的小手时，他俩四目相对，其情其景和个中的意味，是旁人所无法体会的。

到酒店，待人都到齐，在热烈气氛中，主持人聊表心招呼大伙静下后，宣布同学会开始，而后，彬彬有礼地向大伙鞠了个躬，然后说道：今天按原计划是同学会，只因我们同学中，有两个人，有段美丽的插曲，故会议内容作临时更改。下面我宣布，今天的餐费，由乜也荣同学埋单。我们大伙预先喝他的喜酒，为此，我提议，请乜也荣同学表个态，看他是否乐意让我们喝这酒。"

是时，坐在一边的乜也荣听到直呼自己的名字，立马站起来，涨红着脸，向大伙行个军礼后即说："同学们好！能参加像今天这样极其有趣、欢乐的同学会，我深感荣幸和无比幸福。听说这种会，以往每年都开一次，只可惜我一次未能参加，不曾享受其中的美好与幸福，实为遗憾至极。刚才会议主持人以命令似的口吻宣布今天的餐费由我埋单，我非常乐意，只是我所不明的是，这一次埋单，是让我弥补过去的缺席，还是像他所说的，预喝我的喜酒？若是弥补，我一百个愿意，若说是预喝喜酒，那还得指望同学们，大力支持，再加把油，圆我的好梦，到时，鄙人一定请大伙喝我的正酒，来个一醉方休，不醉不让走。”是时，会场欢呼雀跃，热闹非常。只有沈小雨一人坐在一边，既不讲话，又不与人说笑，然而，脸上却泛出了幸福的笑容。

经同学们的努力撮合，到此时，乜也荣和沈小雨的关系，也就只差一层纸尚未捅破而已了，剩下的事就由他俩自行安排，同学们也就因此而放下了心。于是，男生喝酒划拳，玩扑克，女生吃过饭，开辟新的“战场”，哗哩哗啦地搓起麻将来。乜也荣趁大伙不注意，向沈小雨递了个眼神，两人悄悄离席，溜达于河边……

到五一节，瓜熟蒂落，乜也荣西装革履，沈小雨穿着一套米黄色的时装，乜也荣牵起她的手，幸福地步入婚礼殿堂，接受亲戚朋友们的祝福。

婚后的他俩，夫唱妇随，共享幸福生活。个中幸福，沈小雨感触倍深。忆起与申是脑生活时，两人坐到一起说不上话。每每说话时，你说东他道西，话不投机。而今的新夫君，从四部古典名著到《孙子兵法》，一开口便头头是道，无所不通，无所不晓。两人闲聊，谈时势，论家常，只恨时间过得太快。乜也荣品行又好，厚道朴实，对沈小雨的父母和儿子，老的尊重，小的视如己出。乜也荣在沈小雨的心中，是个理想的、靠得住的，可托付终身的好男人。

正当沈小雨沉浸在幸福美好的新婚生活中时，新夫君的儿子乜丰收给她带来了新的苦恼。这一苦恼，追根究底，来自于乜也荣的前妻鲁一馨那里。鲁一馨闻知乜也荣新婚，心生嫉妒，故意设局作祟，来个你不让我好过，我也要你不好过，不断指使儿子乜丰收打电话向父亲要钱。今天说要办订婚酒，明天说订婚酒办了，跟着下个月就结婚，前后两次打电话都要钱。

乜丰收两次打来电话时，沈小雨都在场，她从他父子俩的对话中听得出，乜丰收要办酒，望爸爸支持，于是乜也荣挂了电话，她便主动说："是不是儿子要结婚，要你支持点钱？若是那样，毕竟是个大事，我们还得支持他，尽我们的责任。"乜也荣听她这么说，心里热乎乎的，从内心感谢她通情达理，遂把前后两次电话的内容，原原本本地向她重述一遍。当沈小雨听说订婚酒和正酒基本都安排在同一个月时，心里就着急。她跟乜也荣商量："订婚酒按习俗，除吃的和其他七七八八必需的东西外，还要送一笔厚重彩礼钱。订婚酒一过，跟着就办正酒。正酒花销更大，铺笼帐盖要准备，房子要装修，新郎新娘的衣服和新娘的首饰，以及招待亲戚朋友的酒席，至少也得 30 桌才够。两次酒，没有 20 万办不成。按我的想法，我们拿 15 万，剩下的 5 万，按说他母子俩，这些年的积蓄是有的。"

说到此时，她看了乜也荣一眼，然后以征求的口吻问乜也荣这样成与不成。乜也荣听了，心想，按其安排，大头落在自家这边，小头放在他母子俩身上，已是够意思了，还有什么可说的呢。再说自己与鲁一馨分手时，工资卡被拿走，自己就那么点积蓄和平时所得的奖金、加班费，凑合过，生活已是够清苦的了，然而，沈小雨从不说句不是的话，而如今事到节骨眼上，人家又是那样从容大方，那样给自己面子。乜也荣想及此时，一时热血沸腾，突然以他那有力的双手，紧紧地握住沈小雨的手，无限感慨地说："这世上，恐怕你是最爱最疼我的人了……"下午沈小雨把15万元现款打到乜丰收的卡上。乜丰收举行婚礼的那天，她与乜也荣风风光光地出席婚宴。

乜丰收完婚后的第二天，沈小雨又以自己在A市的人际关系，安排儿子乜丰收到一家企业当保安。然而乜丰收因受其母鲁一馨的影响，好吃懒做，干了一个多月后，嫌保安工作时间不灵活，再是受人指使，不自由，于是辞职不干，辜负了沈小雨一片好意。辞职后的乜丰收，一天浪迹社会，无所事事。他母亲鲁一馨又唆使他打电话向乜也荣要钱，开门市部经营日杂。乜也荣念他是乜家独苗，没办法，又汇5万元周济他。哪知他经营的门市部，上午10点开门，下午5点不到即关门大吉，收工玩他的去。门市部经营每天所得的钱，他拿去抽名牌烟，喝高档酒，花钱如流水。因此，生意每况愈下，无利可图不说，连本都给赔进去，遂干脆承包给别人，学着旧时的资本家，跷起二郎腿，每月收点租金。得点小钱的他，要么就赌，要么就大手大脚地花，耍大个。由于他不敬业，老婆多次劝他，他非但不听，反而三两下不对劲，便借酒发疯，打人骂人，老婆受够他的气，在和他相处的这一年多时间里，看他不是个敬业养家之人，便和他分手，分道扬镳。离婚后的他，一天就在母亲那里要爸爸卡上的钱。要得时高兴，要不得就骂，甚至揭老妈的老底，说什么"你这老抠鬼，不守妇道的坏女人，我爸每月的工资都给你了，再加你本人的工资，你有那么多钱，不给儿子用，拿去养汉子"，乱七八糟地骂，羞死了老妈，迫不得已，只好拿给他。她这边拿，那边又唆使儿子打电话向父亲乜也荣要，说什么现又相中了个妙龄女郎，准备结婚但没钱，请爸爸再支持等等。凡来的电话都只管讲要钱的事，不曾有半句问二老身体可好、生活愉快之类的话，弄得沈小雨啼笑皆非，苦恼难言。

由于乜丰收要钱的电话太频繁，沈小雨已有所反感，遂对乜也荣说："儿子这样无休无止地向我们要钱，不是好事，实际是依赖，长此以往，对他不利，要养成懒汉的，可否给他打个电话，教育他，父母是不能包一辈子的，让他该谋的业要谋，该做的事要做，自力更生，好自为之。"乜也荣也觉得该警醒了，抓起电话就打。乜丰收接了后，乜也荣即说："儿呀！你已是个三十而立的人了，该是做事业的时候了，沈孃好容易给找的工作你又辞去，怕苦怕累，只知没钱就往我这里打电话，这样下去对你不好。俗话说的，父母的钱如洪水，自己的钱才是细水长流。这话的意思是，父母的钱即使给了，也如洪水一样，流过就没了。《增广贤文》里不也有这么一句话吗，叫作'易涨易退山溪水'，这话的意思是，大雨一来，山沟里的水即迅猛异常，挡都挡不住，然而，当雨停了，它就流光了。所以，只有自己挣的钱才细水长流，取之不尽用之不竭。就算我和你沈孃现还健在，能给你点，那也是一时一阵子的事，万一我俩有个三长两短，你又怎么办？到头来，不也就是你自己的事了吗？言下之意，我们是管不了你一辈子的，最终还得靠你自己自力更生。"

老爹一席语重心长的话，字字句句刺痛了乜丰收的心，一时过意不去，便对乜也荣说实话："这次办酒，本就不再打算向你要了，家里是有钱的。一是前些年办酒时，所收的礼金就好几万；二是你工资卡的积蓄，平时老妈给我一点，现也还有，这两笔钱加起，足够了，只是老妈仍耿耿于怀，至借题发挥，唆使儿子敲诈你，有意扰乱你和沈孃的生活，让你们不得安宁。”经儿子的直言说破，乜也荣如梦方醒，啊的一声说：“原来如此。”遂在心里骂起鲁一馨，接着跟儿子说：“既是有钱你就问她要，我这里已没钱了，待你结婚时我才去。”说了把电话搁下。

乜也荣跟儿子通话时，沈小雨一直在身边，且儿子的声音又大，她听得一清二楚，用不着乜也荣复述，沈小雨便说：“全明白了，是鲁一馨从中使坏。不理她，那就按你刚才说的，让儿子找她要那两笔钱，先置办些该办的，结婚那天，我俩过去送个红包就行，别的不再和那姓鲁的啰唆。”

那天乜丰收与老爹通了电话，按老爹的指点，催老妈鲁一馨要钱办酒，老妈就是不给。他火了，威胁说：“如你再不给，我就把你这些年来，如何唆使我打电话向老爹要钱，骚扰老爹新生活，以及你偷汉子的丑事和盘托出，公之于众，看你这张老脸往哪里放！”鲁一馨见儿子威胁自己，很气愤，初时她还是不肯拿，但转念想，乜也荣这些年的工资已被自己全掳过来了，再加上第一次办酒又拿了 15 万，此后儿子开店又给了 5 万，可能真被榨干了，再找他要，就是逼牯牛下崽，怕是不可能。更主要是儿子要揭她的短。人说知子莫过母，这个兔崽子是个说到做到的人，一旦惹他上火，他是六亲不认的，自己的这张老脸不也被丢尽了吗？她深感问题的严重性，迫不得已把钱拿出，交给乜丰收。

乜丰收举行第二次婚礼的那天，乜也荣和沈小雨买了好些东西，送给儿子和儿媳。

此后不久，乜也荣到龄退休，他与鲁一馨的约定就算终止了，原工资卡作废，乜也荣换新卡，交由沈小雨保管。儿子乜丰收也懂事了，小两口把原本转包的店铺收回，用心经营，生意红红火火。乜家的生活平静了。

乜也荣退休后打理家务事，煮煮饭，沈小雨下班吃现成的。跟着第二年沈小雨也退休。两人相敬如宾，安度晚年。

有一天上午，我在公园散步，偶然碰上小雨妹，我俩无不感到诧异。她问我："王阿哥，你怎么到这里散步来了，不是说你考取东北的大学，毕业后留校工作了吗?"我答说："是倒是那样，只因女儿嫁到这个城市的崔家，她先生崔建礼系独子，得组织照顾调回原籍工作，便于侍奉双亲，只可惜我那亲家翁和亲家母没福气，于前年相继作古而去，你的侄女小铃铃没人带孩子，硬要我老两口过来帮忙，也就过来了。过来以后倒还可以，只是你那嫂子不习惯南方生活，一天唠叨我，甚至有时发脾气。本来今天她是要和我一起来散步的，因小铃铃煮早餐时，在她那碗里多放了点辣椒，发脾气了，就不来了，要不然你还可以见到她。"

沈小雨听了，又是清官难断家务事，勾起她的心事来。她对我说："王阿哥，世事真是难料，就拿我而言吧，我大学毕业分到一个工厂工作。那时社会上工农兵地位高，所以我就把结婚对象锁定在同一车间的一名叫申是脑的工人身上，和他结婚，企望沾点他工人身份的光，或许在社会上吃得开。哪知他父母都是当官的，看不起知识分子，说我和我爸妈都是臭老九。再加上我老爸又被打成反动学术权威,还有我外祖父又曾当过国民党的县长,所以,他们把我家看成漆黑一团,生怕连累他们,便指使儿子申是脑百般虐待我,直至离婚而后快。我俩婚算是离了,但对我而言,我和申是脑的结合,可说是他害我大半生,毁我大半生。此后改嫁乜也荣,他是部队转业地方的一个干部,有文化,人品好,厚道朴实,我俩相处也和谐,生活也过得有滋有味。他样样都好。可恨的是,他那前妻可恶,时常唆使儿子来骚扰我们的生活,令人十分苦恼。好在前不久算是彻底解决了,我们的生活才得以平静。现碰上你,我很高兴。何况我们现又同居一市,往后要多多来往,叙叙我们年轻时的往事,或许是一种美好的回忆……”说完两人互相挥手告别。

十三湾恋

程子钦老先生是广茂镇的一位耆老，原籍浙江，年轻时，为躲避兵燹之苦，孑身一人，从老家来到广茂镇落脚谋生。

广茂镇依山傍水，清澈碧绿的河水终年不断地从镇前流淌而过，沿河两岸是一望无垠的田园大坝。

广茂镇是个布依族聚居的大镇，当地人用自己勤劳的双手，耕耘着这片田园，繁衍生存。镇上住有上万户人家，五万人口。它非但是乐和县人口众多的大镇，且又是乐和县的大粮仓之一。当年程子钦老先生逃难到此时，即被这里丰富的土地资源和美丽的九里十三湾的景致吸引了。九里十三湾，说的是该镇有一个地方叫九里十三湾。它足足九里地，共十三个弯道，群山起伏，山峦连绵，森林遮天蔽日，十分美丽。所以人们即把九里十三湾当作广茂镇的别称。

九里十三湾的美景打动了程子钦的心，于是他驻足不走了，打算以此作为落脚点。几经考查，他觉得这里土地肥沃，这里的人热情好客、民风淳朴，而且又是几个地州的接合部，商贾云集，热闹非常，且又是个鲜少闻到战争火药味的清静地。就时下而言，内地战火四起，要么是国共两党的争战，要么是日本鬼子的烧杀抢掳，一天炮声连连，搅得民不聊生，一年难得几天安宁。这里教育落后，很多孩子因师资缺乏而失学，他们一天三五成群，或是上山猎鸟网雀，或是下河捕鱼捉虾，蹉跎岁月，浪费光阴，十分可惜。于是，他心想，倘若自己能留下来办个学馆，把那些一天以捕雀鸟、鱼虾为乐的孩子们聚拢过来，将自己所学知识文化传授于他们，让他们有文化，增长见识，岂不是为地方办件好事？再说自己总不能老是流亡，还得有个家，有个事业，才不致荒废光阴。眼下这里无战争，无匪盗，民风淳朴，正是自己用武之地。经再三考虑，他决定留下来办个学馆。

在主意拿定的同时，他又考虑到，决心虽已下，但这毕竟是自己的一厢情愿，还不知当地人可否愿意，即便愿意了，办学也非易事，涉及生源、场馆、学生课桌椅等等，这些具体的、不可回避的、实实在在的事，只要其中有一件落实不到位都是徒劳。更要命的是，自己流亡至今，从家里所带的钱已所剩无几，说句实话，眼下已是囊中羞涩，如若这学馆办不成，怕是难以维持生计。所以，办学馆，对自己而言，是唯一的一条出路。

办学馆有这么多的问题，该去找谁，谁又能帮这个忙？自己又是初来乍到，人生地不熟，到何处去找人帮？一连串的问号难住了他。要到镇上找管教育的，又担心人家不理睬，而且眼下逃难的人多，生怕人家误解，拿自己当骗子，几大棍撵出门，这岂不是斯文扫地；要到街市逢人便问“你这里可要人教书么?”又怕别人说是神经病，予以奚落，更是羞人，到时脸皮没地方放。这担心那担心的，拿不出个法子来。于是他又想，当初在家没死在日本鬼子刀下，如今难道要为一碗饭而饿死不成？这想那想，实际皆是自己多虑。他决定放下面子，到街市上打探信息，相信天无绝人之路。想好后，遂打开随身带的包袱，从中选了件长衫换上，到街上游逛。

逛着逛着，他突然发现与一店铺相邻的一栋楼房，挂着一块“十三湾茶馆”字样的匾牌。一时心里高兴，并自言自语道：“茶馆！茶馆！按老家的习惯，茶馆不外乎就是些闲人品茶、谈天说地的公共场所么？且那里面什么样的人都有。有谈天说地的，有唱戏说书的，有经商谈生意的，这种场所应该能打听到许多消息，自己要找的不也就是这种地方吗?”遂径直向茶馆走去。

到了茶馆，里面很是气派，宽敞明亮，且设施整洁完备，所用的茶桌全是清一色的八仙桌，凳子全是条凳，每桌摆四张。茶桌分为四大排，排与排之间留有大通道，供客人进出和店小二上茶走动。馆中的热闹果然像他所想象的那样，有喝茶聊天的，有玩牌的，有说书讲故事的，有品茶论道的，热闹非常。看到这一景象，他打心里高兴。他看见第四排的尾桌坐着四位五十开外，貌似乡绅和读书人模样的长辈，便起步朝着该桌走去。在他走去时，那几人也看见了他。尤其看他穿着件长衫，带着副金边眼镜，既庄重又肃穆，文质彬彬，心里就喜欢。等走到桌子跟前，他便抱拳拱手问候道：“四位年伯好，小生有礼了。”于是大伙热情招呼入座。待他坐定后，先是一姓管的，叫管士臣的长辈问他道："年轻人，看你这模样，怕是个读书人吧，是哪个学府的？贵姓和号是什么，叫我等如何呼之？贵庚多少，何方人士，又因何到我边陲之地来？"

听了管士臣长辈的问话，他站了起来，用手把眼镜往上一推，然后不紧不慢，很客气地说："老伯真是慧眼，小生的确是个读书人，免贵姓程，名子钦，系浙江先德县人也。小生系父母膝下独子，不到七岁即上学启蒙，十七岁考上北京大学，现本应在校读书，只因可恶的日本帝国主义侵略者发动侵华战争，学校停课，小生回老家自修倒也安然，哪知万恶的日本鬼子，又把魔爪伸向江浙，一天中午，几十架飞机轮番轰炸，严父慈母均被害。小生幸存，敌机走后，在亲戚朋友的帮助下将父母安葬，随着逃难人群，这里躲那里藏地躲避战乱，好容易才来到贵省省会，心想贵地系边地都邑，或许是清静之地。不瞒各位年伯，小生从家里所带的路费已所剩无几，生活一天不如一天。再说，这里已靠近国境线，再无路可走了。小生自到贵地的这几天，看到贵地田园千顷，且那连绵的九里十三湾的景致又是那么吸引人，遂拟在贵地落脚谋生，不知当否？旁的事，小生是无能为力，若说做生意又无资本，而且不会做；如说耕田耙地什么的，更是一窍不通，唯一能做的也就是教书这点事罢了。今时算是有缘，会着几位年伯，望得各位年伯同情相助，向官家或地方学馆介绍举荐，让小生有个落脚之地有碗饭吃，感激不尽。"

待程子钦回了管士臣的问话，在座的人无不为眼前这一落魄的书生表示同情。大家都想帮他，遂各自心里在嘀咕怎么个帮法。是时，有个名曰李夫子的老先生在想，如像他所说的，是北大的学生，按说是有一定才学的人，自己所办的学馆倒也需要这样的人才，只是他的学问到底怎样，怕还不能凭他所说，不妨试一试。李夫子即对程子钦说道："据你说的，你是十七岁考上的北大，现在二十一，这样说来，你现已是大四的学生了，只是没读完罢了，我相信你是具有一定才学的人。这里不妨对你直说，我本身也是学馆的先生。我那学馆向来办得红红火火的，每年报名的学子挤破门槛，像你这样的人，学馆是需要的，只是你初来乍到，我们今天算是萍水相逢，对你不了解，你说的是否属实，还是个问题。所以，你的才学我们要考一考，看看你的能耐是否印证你的学历。我出上联，你对下联，若和得好，对仗工整，就算过关。你看这种方法是否可行？若你同意，即按此办。"

李夫子说了后，一是环视三位乡绅，二是看看程子钦本人有何反应。是时，他的那三个朋友均表示赞同，且乡绅管士臣还说："还是人家当先生的办法多。"又对程子钦说："年轻人，现就看你的意见了。"管士臣话音刚落，一直坐在一边，不曾说话的两位乡绅苏路径和赖尤佳，也跟着附和道："还是考一考。"在四位年伯皆统一意见的情况下，已由不得程子钦同不同意了。同意也得同意，不同意也得同意，因涉及吃饭问题，再没别的选择了。只是心想，自己堂堂一个大学生，到一边远地方当个学馆先生，还要接受考试，听人家像耍猴似地摆弄，然而，换个角度想，如不考试，人家又从何了解你的深浅呢？将心比心，这也休怪别人苛刻，考就考吧，几副对联而已，对于自己来说是小事一桩。当他想及此，便应承下来。

四位年伯笑了，即由管士臣呼店小二笔墨伺候。

是时，李老先生与程子钦，一老一小，各拿起一管笔，作书写准备。待各自准备就绪后，先是李老先生将笔蘸饱墨，写上联曰：“坐屋瞅千里平畴清泉绕。”程子钦看了先生的上联，不假思索地信笔写出下联，和曰：“居房看门朝九里十三湾。”一下博得在座四位先生的喝彩。他们的叫好声惊动了整个茶馆，众人得知是一个老先生和一年轻人在和联作对，纷纷走过来看热闹，把茶桌围得个水泄不通。在大伙围观时，他俩继续和对，一直和了二十多对，对对精彩，联联回味无穷。人们你一言我一语，伸出大拇指称赞不已，很是开心。

在人们的夸赞中，李老先生更是感慨不已。他的感慨不为别的事，为的是他膝下有一女儿，名唤玉香，从小不事女红，专读诗书，在父亲膝下，与学馆弟子摇头晃脑地读四书五经。人也长得俊俏，不说是天香国色，在方圆百里内也算是一枝花。现芳龄十九，说媒求亲的人踏破门槛。求亲的，有一般人家的子弟，也有富甲一方的人家，可她一个都相不中，立志要嫁个饱读诗书、疼爱自己的夫君。这样的郎君，按她的说法，便是穷困潦倒也心甘情愿。对那些靠祖上产业和依仗父母权势过寄生虫生活的纨绔子弟，她视而不见，极尽鄙视，弄得父母很伤脑筋，她的婚事成了父母的一块心病。原本母亲董史玲在她十六岁那年就要她嫁给自己的侄儿董毋学（玉香的表哥），亲上加亲。表哥家富甲一方，而且表哥人长得帅，个子高挑，一笑起来脸腮的两个酒窝若隐若现，可爱极了。只要她愿意，嫁过去当少奶奶，可坐享清福。可她死活不干。她不干也罢，还贬斥表哥，说什么“一个男儿汉，一天书不读，事不做，舞枪弄棒的，肚子里无一点墨水，照此以往，不说继承家中产业，怕是要坐吃山空。”气坏了母亲，自此以后，母亲再也不管她，父亲拿她也没法子。现来了个程子钦，父亲就心想，他才华不在人下，且思绪敏捷，刚才与他对对联，自己的上联刚落笔，他的下联跟着就来，这样的人才，莫不就是小女所爱慕的人么？

李老先生动了心思，拟纳程子钦为婿。与此同时，他又想，不如再出个上联，让他再和，若和得好，一是将今天所和的对子带回家，让小女一睹风采，二是把眼前这后生聘为学馆先生，让他俩逐渐接触了解，日久生情，直至相互爱慕，结成连理，了结自己和老伴的心愿。

当他想及此时，即对程子钦说：“年轻人，刚才你所和的对联，和得很好，让人回味无穷，真不愧为北大才子。现我再出个上联，若你和得好，合我的意，我就聘你为学馆先生，我们携手，把广茂镇的学馆办好，为广茂镇做件有益的事。”程子钦听了老先生的一番话，感到此事有希望，心里激动，但又不知老先生如何考，心里七上八下的。心想，但愿老先生出的题不要怪，若出怪题，和也不是不和也不是，那就糟了。

他正想时，老先生的上联出来了：“李家有块田丢荒十九年。”老先生之所以出这么个上联，其意是拟招他为婿，想试一试这书呆子是否有儿女情长之意，所以他便毫不隐讳地将自己的姓作为第一个字。他这么一出，一时让程子钦犯难。睿智聪明的他，暗自揣摩，老先生居然不隐讳，拿自己的姓氏作对联的首字，莫不是他有女儿要嫁，故来考自己，既是这样，我就用我的姓氏“程”来对他的“李”，岂不是对仗了吗？

他想到此时，遂握紧笔管，一口气写下“程家来耕种定是丰收年”。围观的众人无不夸赞说：“上联出得好，下联也和得妙，真是旗鼓相当，妙哉！妙哉！”

人群中有个叫连子巴的说，这后生也未免胆子太大，连遮羞布都不要，居然在大庭广众之下，以自己的姓对老先生的姓！跟着又有个叫毛二儿的接话说：“你是知其一而不知其二，我认为，这才恰恰是老先生所需要的嘞。你可知老先生膝下有个豆蔻年华的女儿玉香，好些人家托媒去说亲，均被她拒之门外，立志要找个饱读诗书、才华横溢的书生，不然宁可不嫁。因此，老先生和夫人正为此事而发愁呢！”连子巴听了，啊的一声说：“原来如此。”

在人们议论纷纷的同时，李老先生也不管那么多，收起桌上的对联，给同去的三位乡绅打声招呼，继而向程子钦说道：“年轻人，我说话算话，刚才既是我说的，若你和的对子和得好，我就聘你为学馆的先生，现你的对子和得好，很有才华，从现在起，我正式聘你为学馆先生，现将学馆名牌号给你，你可按此号牌，明晨8点到学馆报到。最好是早点来，因除安排你工作外，有的话我还得专门对你说。”说了即拿起学馆的名牌号递给程子钦，而后又很礼貌地向三位乡绅点个头，拿起桌上的对联走了。这边三位乡绅向程子钦道了声恭喜，便也走了。程子钦把店小二唤过来，付了茶钱，也跟着走了。

李老先生走出茶馆，一路心花怒放，拿着那卷对联，视如珍宝，小心翼翼地保护，快步回到家，刚进门便大呼小叫地喊梁妈（家中用人），梁妈听是先生在喊自己，赶忙从里屋出来，应道:“先生你可回来了,先生有何吩咐?”李老先生便问夫人和小姐可在家,梁妈答道:“夫人小姐都在,她们母女俩正在夫人房间说话。”李老先生说:“都在就好,你立马叫夫人到堂屋来,我有话对她说。”梁妈听得,应了即去。

不一会夫人到堂屋来见先生,先就埋怨说:“你这死老头,是咋回事,大清早就出去,回来就大声嚷嚷,是发生了什么事不是? 我正和女儿说话却被你给搅了,真晦气。”李老先生看夫人不高兴,也跟着不高兴地说:“我这里有好消息,正要告诉你,让你也高兴高兴,哪知你进这屋来,就哭丧个脸,把我满腔的兴致都给冲了,你说是哪个晦气?”是时,夫人见先生发火,便缓和地说:“老头子别生气,有什么好事,快些说来让我也高兴高兴。”老先生见他口气缓和,即把他和几个乡绅到茶馆遇上逃难过来的后生程子钦,又如何与其和对联,以及他的才华如何了得,且相貌如何英俊等,天花乱坠地说了一通,并说自己已基本相中,拟招为婿,且已正式聘他为学馆先生,明天上午到学馆报到。

他说完,即看夫人一眼,孰料,夫人非但没反应不说,且还若有所思,他一时感到奇怪,便问夫人:“老婆子,刚才我所讲的,你可听到了没有,怎么没一丁点反应,莫不是思想开小差了。平时你不是一天到晚骂我只知教书,女儿的大事一点不管,现我管了,你又不理不睬的。”

经先生这么一说,夫人董史玲方从沉思中醒过来说:“我不是没反应,只是你刚才说那后生是个逃难过来的人,我们对他的情况并不了解,你与他和对子,只了解他的才学罢了,余下的可谓是一无所知,我有点不放心。况且我大哥董史正

（时任广茂镇长）和二哥董史泽，在你走后不久，他哥弟俩又来兴师问罪，责备我俩迟迟不定下这门婚事。且大哥还说：'儿女的婚姻历来都是父母之命，岂能让她任性，想嫁谁就嫁谁。说明你们这些读书人，做事没魄力。你们没那魄力，当初你嫂子向你俩求亲时，就不该答应。现在好了，这件事在社会上闹得沸沸扬扬，且还有人在背地里指指点点骂我说，当个镇长有什么了不起，连要娶自家妹妹的姑娘做儿媳，人家都不干。这是其一。其二是你那侄子董毋学，一天也在闹，平时叫他读点书，习点字，少点舞枪弄棒，他就拿这事来说我，说我和你嫂子办事不牢靠。原说要娶表妹玉香给他做媳妇，说了几年几载，至今连个影子都见不着，你说我堂堂一镇之长，外边，外边在贬我，家里，家里也在埋怨我，我已成了风箱里的耗子，两头受气，里外不是人。你说，叫我这块老脸往哪里放？'大哥骂了一阵子后又缓和地说：'妹妹你可要知道，嫁姑娘，后家体面，人家都要高看你三分，若后家不体面，人家就瞧不起你。大哥说这话是实实在在的社会现象。你就念在我们同胞共乳之情，帮哥哥办好此事，我们一荣俱荣，千万别来个一损俱损，否则到时，非但丢我们家的脸，连你的脸也同样丢尽。'他说了跟着二哥又说：'史玲呀，刚才大哥说的，你都听见了，你可要好生考虑，别让那玉香再任性下去，说要找个什么饱读诗书、情投意合的人，那是不现实的，像我们这样的山乡僻地，加上连年战争，政府应对战争已忙得够呛的了，哪来精力办教育？教育办不起，哪来饱读诗书的人？就让她趁早打消这念头，嫁给毋学，相夫教子，那不是很好吗？至于什么情投意合，完婚后两人在一起，共同生活，互相帮助，冷暖相顾，那感情不也就有了吗？你们夫妇好生商量，拿出个法子，说服玉香，圆大哥大嫂和毋学侄子的梦。再说毋学是我们家的长孙，娘还等着抱曾孙呢。娘今天本要和我们一起来，共同说服你，只因她上了年纪，腿脚不便，我们不让她来罢了。’两个哥哥说了，连饭都不吃就走了。”

“两个哥哥说的话，我觉得不无道理。他们走后，我即把玉香喊到我房间说此事。可尽管我费尽口舌，说齐天道齐地，她也死活不干，我又把大哥和二哥的话搬出，同时说了外婆也在关心这事，她皆无动于衷，而且还以死要挟我，讲些什么宁死不进董家门，如我们硬逼，她就去死……真叫人没办法，我们母女俩正僵持时，你叫梁妈来喊我。你说我能高兴得起来吗？一边是娘家求亲，而另一边又是你带来的消息。你说的那后生，一则是个逃难的人，二则是底细不清，只是那对子，我看了，倒也觉得的确是个有才气的人，那是不假的。女儿知道了，定是满意的。女儿你是知道的，她认定了的事，是非达到目的不可，那是九头牛都拉不回的，你说如何是好？”

李老先生听了，以和缓的口气对夫人说：“按你所言，事的确复杂，然而在我看来，说它复杂也复杂，说它不复杂也不复杂，不外乎就是个嫁女儿的事。假设我俩硬让女儿嫁外侄董毋学，一是给后家撑面子，二是亲上加亲，延绵血脉纽带，同时又讨外婆欢心，那是最好不过了，现就看女儿愿不愿意。若她愿意，听从我们的，那是和尚口头禅，阿弥陀佛的大好事，现就怕她不干。她不干，我俩硬逼，怕她在气头上真的做出傻事，我俩不就失去了宝贝女儿，同时对后家也是个扫兴的事,因她的死是因为父母逼婚,后家强娶,大家落得身败名裂。古时不是有个梁山伯与祝英台的故事?祝员外至今还遭人骂,那么我俩同样也要被骂,成了现在的'祝员外'。若是不硬来,女儿宁死不进董家门,我俩又管不住,那就得受哥哥和嫂子的骂,说我俩没魄力,管束不住女儿。现在是两头都要被骂。既是这样,依我的看法,还是嫁董毋学更好,可免好些事端,就看你的意见。"

夫人听了老先生的话,满口答应,还夸赞他是个顾后家的好女婿。老先生见夫人夸自己,便笑着说:"高帽子就别戴了,这天已是够热的,再戴上帽子岂不更热?"说了二老竟笑了起来。跟着老先生说:"既然你同意,何不如现在就把女儿喊来,我们共同做她的工作。但在做工作时,只能一个劲地动员她嫁后家,千万别提那逃难的后生,她若知道了,那就更麻烦。她现虽是嘴硬,但心中是没谱的,尽管一天在喊要嫁个什么心满意足的郎君,喊了这么多年没有合适人选,不也白白地浪费光阴吗?"

二老商量要做好保密工作,可这事对玉香来说,实际已不是秘密,她早就隔墙偷听了。她之所以隔墙偷听是由于老先生一回家便大呼小叫地喊梁妈,不一会梁妈又来请夫人,避开了她。她觉得是种反常现象,于是心想,以往父亲出门回家,但凡有事找母亲商量,便是夜间都得让自己跟着去,这次是白天,居然避开自己,说明其中有玄机。母亲前脚走,她便后脚悄悄跟上。待母亲进入堂屋,她便藏于神龛后的小屋里偷听。父亲如何遇上程子钦,与之和对联,已决定聘为学馆先生,明天上午来学馆报到,并拟招为婿,以及母亲讲的大舅、二舅的造访，以及要把自己喊去做思想工作等全部听得清清楚楚，便悄悄离开，回到自己的房间。她回到房间，屁股尚未坐热，果然梁妈来了，说："小姐，先生和夫人在堂屋，请小姐去。"玉香应声知道了，便跟梁妈去堂屋。

待玉香到堂屋落座后，梁妈给她沏了杯茶即离去，堂屋就她和父母。是时，李老先生先开腔说："爹妈找你来，就一件事。这件事说来也是老生常谈，就是你的婚姻大事，这么久了不知你考虑好了没有？若考虑好了，即定下，我们好操办，完成我和你妈的心愿。你也不小了，已 19 岁了，和你同一年的姑娘皆已成家，甚至有的还当上了孩子的妈，每当看见你的姐妹们牵起她们的宝贝上街玩耍时，我和你妈心里就急，甚至羡慕，总想让你尽快成家，早点生个一儿半女的，也好让我们开心开心。刚才我听你妈说，因你迟迟不决定，刚刚大舅和二舅还跑来兴师问罪，责备我和你妈不管你，搞得我俩很被动。其实我们哪里不管，事实上，我们时时都在管，只是你不听，所以才拖到现在。说来两个舅舅来问罪，也不无道理，你 16 岁那年，大舅妈来求亲，我和你妈应承了，至今已是三年有余，可这么长的时间你仍不决定，也不怪舅舅们责备。"

老先生说了，跟着夫人又说："刚才你爸说的你都听见了吧？作为老人的我们，都希望自己的儿女好，我们二老已是年逾五旬的人了，膝下就你和玉力两姐弟，你弟现才是个十一二岁的孩子，你是长女，凡事要起楷模作用，帮我和你爸分忧，让我俩轻松轻松，多活几年陪陪你们也好，我们这些已经上了年纪的人，说来不怕晦气，都是些说去就去的人。世人不是有这么一句话吗，上了年纪的人，晚上脱鞋上床，第二天能否下得床穿上鞋都是难说的事，我俩就是这样的人。所以，我们希望能在有生之年看着你姐弟俩成家。若你们都成家了，便是死也瞑目。现在舅舅们那边催得很紧，再说你表哥董毋学也是个堂堂男儿汉，不缺脚不少腿的，人长得也标致，只是读不进书，爱舞枪弄棒，这是个人的爱好。其实舞枪弄棒也并非什么坏事，只要学得好，学得精，还能防身护家。就拿我们家来说，你爸和我，包括你在内，都是些泡在圣贤书堆里的人，像这样的人家，哪天家里来个贼，我敢说，怕是大家都要钻床脚，眼睁睁地看着贼拿起东西走。当然，妈妈这样说，并不等于说读书人无用，读书人当然好，最起码有知识有文化，明白事理，视野宽阔，也就是世人所说的文能安邦嘛！但安邦的先决条件是定国，武力定国，文才得以施展。因此，你与表哥相配是最恰当不过了，文武兼有。表哥舞枪弄棒，冲锋在前，你在后运筹帷幄，决胜千里。你看妈妈这样说，你可接受得了？若接受得了，即把事定了，明天叫人将信送到舅舅们那里，今年入冬，择个吉日，叫他们安排花轿把你抬过去，当我后家的少奶奶。”

父母语重心长地说了一气，玉香大受感动，感慨万端。心想，父母生我养我不易，自打呱呱坠地，降生人世以来，不知费了父母多少心血，熬了多少个不眠之夜，方长到今天这么大，母亲一口奶、一勺汤地喂，父亲含辛茹苦，每天天刚亮即躬耕三尺讲台，勤奋养育。思及此，她几乎要哽咽。然而转念又想，若听父母的，屈身嫁表哥，自己将成婚姻的牺牲品，志不同道不合，那日子该怎么过？若这婚姻变成现实，自己一天饱食终日，无所事事，岂不是成了具行尸走肉了吗？行尸走肉就得窝囊一辈子。她越想越怕，越想越认为，眼前的婚姻是黑暗的，是可怕的，是没有幸福可言的。她想及此时，又想起刚刚偷听父母商量的那些事，于是振作起精神。心想，父母养我育我千恩万恩，我当报答，便是此生不能报，来世再报也不迟，这婚姻大事千万不能听父母的。

她主意拿定后，即对老先生和夫人说："爸，妈，你俩所说的这一切，对于你俩而言，是对女儿的好，但作为女儿来说，是万万不能接受的。一是表哥的习性，女儿不喜欢。表哥生于富贵人家，从小生活无忧，当勤奋学习，识文断字，做官或者教书，光耀门楣，哪知他身处福中不知福，一天弄棒使枪，打打杀杀的，有失书香门第之体统。至于妈妈说的，他从武，女儿从文，文武兼有，那是最理想不过的。女儿并不这样看，古人不是有'自古文武难和'的说法吗？既是这样，若我俩真组成家庭，坐到一起，他讲他的《孙子兵法》，一天沉溺于打打杀杀，女儿讲的又是《红楼梦》里的林黛玉焚诗稿和《西厢记》里的崔莺莺与张生，这岂不是风马牛不相及了？那就叫作各吹各的号，各唱各的调。既然习性不一，何必非要凑到一起呢？何况现已是民国，孙中山先生领导的国民革命，提倡新婚姻制，废除父母之命、媒妁之言的封建包办婚姻，婚姻得由当事人自主，家庭才幸福。鉴于此，望爸爸妈妈体谅女儿的苦衷，放女儿一马。若爸爸妈妈执意要女儿嫁表哥不可，那女儿只好按自己的路，起自己的步了，非意中人女儿实难从命。"说了即走出堂屋，回房间去。

女儿的话已讲到头，先生和夫人只好罢手。跟着二老又商量了一下，老先生说：“这丫头看来对董毋学是打心里接受不了的。她不接受，我俩可要得罪舅舅和嫂子们了，你看这事怎么办才好？”夫人也拿不出好法子来，想了一下便说：“得罪便得罪吧，难道要拿根绳子把她捆了送去不成？这事就暂时不提，慢慢看再说。”先生见夫人来个缓兵之计，拖延搪塞，心里就急。于是说：“那程子钦我已约他明天来，这事又怎么办才好？”夫人道：“这也不难，你叫他来，是叫他来报到，当学馆先生，和你一道教书育人。到时他来，你就安排他上课，何以犯愁呢？再说他是个逃难的人，有个立足之地，有碗饭吃也就不错了，难道他还有非分之想不成。”按李老先生的原计划，待程子钦报到，安排工作后，有意打探他的底细，有无兄弟姐妹，有无妻室之类的，再见机行事。哪知夫人这样讲，一点余地不留，也就不好往下讲了，只好顺其自然罢了。

程子钦付清了茶款，回到住地，心里一直在想，今得老先生的恩赐，给碗饭吃，全在于当年父母苦心培养，送自己上学读书有文化，倘若不是父母用心栽培，哪来今时的机会，怕是要饿死，成了异乡鬼也未可知。这一下勾起他对父母的怀念，不禁潸然泪下。跟着他又想，自己逃难所遭的这些罪，全是日本鬼子造成的，他恨死了日本帝国主义侵略者。然而人死不能复生，但愿父母在九泉之下能安息。他压抑住心头的悲痛，做好第二天上学馆报到的准备。

第二天他起了个大早，洗漱完了后，从包里取出梳子，把头梳成个分头，穿上到茶馆时穿的那件长衫，将自己打扮成个书生模样，而后找来先生给的学馆地址，沿街慢慢寻找。当他走到大街尽头的一转角处，看见一朝门上书有“李氏学馆”四个遒劲有力的大字时，他高兴极了。是时，他环顾四周，便漫不经心地起步，跨过朝门的门槛往里走。学馆是个三合院带朝门。从朝门进入，两边各是一排厢房，每排均有四个教室，两排加起来共八个教室。厢房的后端是块较宽的院坝，看得出这是平时学生活动的场所，院坝的上方既是住宅又是学馆先生办公和下课后的休息之地，是座较有规模的学馆。

程子钦边看边赞叹的同时，学子们也陆陆续续地到来。学员大部分是男生，也有少量的女子。男生中有的衣着时髦、整齐，看得出是些有钱人家的子弟，其中也有少数穿得虽然朴素，但衣服却是洗得干干净净的。女生就不一样了，上衣清一色是灰色略带天蓝色的父母装，下身则是青色的长裙。她们有的剪齐耳的短发，有的编成两根小辫子，走起路来，那两根小辫子一晃一晃的，可爱极了。

这些学子到学馆来，在未上课之前，有的习字练笔，有的摇头晃脑读书。时不时从教室里传来阵阵悦耳的琅琅读书声，学习风气之好，给初来乍到的程子钦留下了深刻的印象，让他赞叹不已，心里十分敬佩李老先生。

他目睹和感受这一切后，决心跟老先生一道，投身学馆工作，把所学知识奉献于当地人。正当他浮想联翩时，已不知不觉地走到了住宅楼的梯坎前，楼梯上有位女生向他打招呼道：“跟前这位莫不是程子钦先生么，小女子已在此恭候多时矣。”

他听有人直呼自己的名字，不免感到蹊跷。心想自己初到此地，人生地不熟的，仅仅只是昨天在茶馆与几位年伯萍水相逢而已，怎么，今时竟然有个女生认识我，自己姓甚名谁，一字不差，搞得一清二楚的，这不能不说是件怪事，遂抬头往上看，竟然是位妙龄小姐。小姐约一米五五的个子，人长得很俊俏，圆圆的脸蛋，齐耳的短发映衬着她的脸型，使人显得更加的美。他啊的一声应着："是的，是的，小生便是程子钦也。"跟着又抱起拳，彬彬有礼地向小姐道声"小姐好"，接着问起小姐说："请问小姐何曾识得小生之贱名？敢问小姐尊姓大名，何方人士？"

小姐见问，她本又是个快言快语、极爽快的人，不待程子钦话落，即答道："小女子姓李，名玉香，乃'李氏学馆'李老先生之女，至于何曾识得先生大名，暂时保密。"自打父亲向母亲介绍程先生的才学如何了得，玉香就敬慕程先生，巴不得一睹尊容而后快，所以今天便起个早，梳洗后用过早膳，即早早地前来等候，方出现刚才的那一幕。

"先生到鄙馆来莫不是找家父李老先生？若是，请跟我来。"说了即走在前，程子钦跟着在后，一前一后，顺着阶梯往上走，不一会，来到一间宽敞的大办公室，此时恰好学馆的先生们都来了。是时，老先生看是自己的姑娘玉香把程子钦带到办公室，顿时感到奇怪，本想问个究竟，然一则各位先生都在，碍于面子，二则新的先生刚到，不打招呼，先就去刨根问底，未免有点煞风景，况且自己养的姑娘自己知道，这丫头一犯浑，势必搞得大家难堪，所以暂且不追究，遂从座椅上站起来，与程子钦握手道："你来得正好，恰好学馆的各位先生都在。"然后向大伙介绍说，"这位是新来的程子钦先生，浙江先德人，他是北大的学子，读完大三刚上大四，万恶的日本鬼子犯我中华，父母不幸丧生于战火。程先生为保全性命，延续程家香火，随逃难人群逃到我地，昨日我与管、苏、赖三乡绅到十三湾茶馆品茶，有幸相逢认识。在品茶中，大伙来了兴趣，以我地景致为题和对子。程先生才思敏捷，是个饱学诗书的人，鄙人的上联刚落，他的下联即出，含义深妙，回味无穷。几个回合下来，本人已属强弩之末，招架不住了，真是后生可畏。程先生的才学，令本人佩服，遂决定聘作本馆先生，为学馆增辉。”

各位先生听了介绍，心想，李老先生在学馆，本已胜人一筹了，然而在此先生面前，竟成强弩之末，不敢与之对峙，可见程先生之才矣，于是人人直视着他，搞得他怪不好意思的，即抱拳拱手向李老先生和诸位先生恭谦道：“老先生过奖了！老先生过奖了！”接着李老先生又向程子钦介绍诸位先生，完后又对各位先生说：“诸位与鄙人办学，历经千辛万苦，矢志不渝，相濡以沫，同甘共苦，方有学馆的今天，我感谢大家，现又新得程先生入伙，更是如虎添翼，今后我们要更加团结，精诚合作，把学馆办得红红火火的，为广茂镇培养更多更好的人才，让李氏学馆永葆青春，万代传承。”他正说时铃声响了，于是先生们上课去了。办公室仅剩程子钦和李老先生及其夫人，李老先生遂对程子钦说：“程先生，按昨天给你说的，叫你一早即来，你按时到，我很高兴。目前学馆的师资安排，本已足额，但考虑到你是个外地人，人生地不熟，在兵荒马乱的年月谋个职不易，我可怜你，同时也爱惜你的才华。其次我夫人已是五秩有余的人了，我不想让她再辛苦，让她在家好生休息的同时，辅导我的幺儿李玉力的学业，所以，把她的位置腾让于你，再说我们一家三人长期在学馆工作也不合适。我夫人原是初三班的国文教师，从今天起，你就接替她的工作，把初三班的国文课教好，这是我对你最大的期望。刚才铃声响，夫人本应去上课，只因我考虑，你俩得相互交接，好在我大女儿李玉香上午没课，叫她代一节课。现你俩就交接吧，交接完毕，下午你便正式开始上课。”

在李先生的安排下，夫人和程子钦做了交接，夫人把学生花名册交给程子钦的同时，又将学生的情况逐一作了介绍，继而又强调该注意哪些问题以及怎么抓住学生的心理，让他们把精力及思想集中到学习上，夫人以老带新，不吝赐教，做了一番极尽详细的交代，使程子钦大为感动。夫人像自己妈妈似的亲切态度让他倍感温暖和幸福。在他俩的交接中，程子钦所表现的恭谦，也让夫人感到满意和欢心。下午夫人又把程子钦带到课堂上向学生作介绍。

程子钦到学馆报到，正式接替夫人的工作，从此，他的生活有了落脚点，全身心扑到学堂上，施展才干，半年之后学生的学业明显长进，李老先生很满意，同事们也夸赞他。在大伙的鼓励下，程子钦更谦虚，处处谨慎，时时谦恭，多做事少说话，兢兢业业地工作。与此同时，他为使学生多学知识，给还有半学期即毕业的学生在学馆所规定的学科外，另辟书法和作诗、作对联两门功课，以自己之所长，灌注和教诲他们。经过几个月的用心授课和督促，学生进步快，写的字拿得出手，吟诗和作对亦不逊色。他别开生面的教学得到李老先生和同事们的首肯，也体现出他的价值，使他逐渐成为学馆先生中的佼佼者。李老先生喜欢，夫人喜欢，李玉香小姐更是从心底里佩服。

李玉香在佩服之余，便常以探讨学问为由，时不时到他的住地（程租用的房子）造访，一来二去，他俩相爱了。一个休息日，李小姐再次造访，因是下午，又恰是酷暑天气，不便顶着烈日回家，同时程先生为表达心意，将其留下用饭。李小姐为亲自试一试程的学问，即从笔筒中抽出笔，蘸饱墨，写了“李出广茂千里地李花含苞待放”，程子钦即捡起桌上的笔，信笔而就，写了“程出先德浙水地程拭目看花开”。跟着李玉香又出一上联：“凤出千里平畴凤非凡鸟凤思龙。”程子钦对曰：“龙跃万顷巨浪龙是龙王龙擒凤。”程子钦写了把笔搁下，他俩你看我，我看你，四目相对，心照不宣，可谓无声胜有声。两人一个出上联一个出下联，连续对了几副对子。他俩所和的对子，上下联相和，各自表达心意，二人深深坠入了爱河之中……

他俩频繁往来，已被李老先生夫妇察觉。对李老先生来说倒也无妨，因此人是他引来的，他早就有心成全他俩，以了其心愿。夫人对这位新来不久的程先生也是有好感的，尤其他来到学馆的这段时间，对工作极为认真，又支持自己的先生，做了大量的工作，同时又创造性地做了些改革，使学馆在人们的心目中留下极深的印象，社会各界纷纷要求扩大办学规模，尤其是管、苏、赖三位要好的乡绅，要求更为强烈。因此，先生碍于众人的面子，又增办了两个班，加上原有的八个班级，共为十个班，收入有了增加，这与年轻有为、敬业工作的程先生是分不开的。像这样有才干的人，成为自己的乘龙快婿，按说是最理想不过的了。

但夫人有两个顾虑：一个顾虑是程子钦是外地人，对他的了解，仅限于他的才干和工作能力而已，其他的一无所知，尤其是他在老家是否已有妻室，在这点上，她很不放心；第二个顾虑是如何应对自己的后家，那董毋学至今未成家，而且还天天逼着大哥和嫂子来催促这事。对于这事，自己当年又曾经许诺过，不知如何向大哥和嫂子，尤其是自己的母亲交代。倘若放弃程先生，女儿肯定不干。她早就立志嫁个饱读诗书之人，好容易来了个程子钦，且两人已有感情，硬要拆散他俩，岂不是棒打鸳鸯，也未免太残忍了。残忍不说，问题在于，一旦她耍性子，来个大哭大闹，家里就不得安宁，学馆岂能容忍这类扫兴之事。至于程子钦的底细，派个得力用人到先德县走一趟，不也就明白了？至于哥哥嫂子那里，当年嫂子提及此事，自己倒也许诺过，可女儿不愿意，也就把事搁下，直至今时，也不曾正式定亲。由此，若说要赖也可以赖得掉，只是兄妹间结仇，是件遗憾事。再是母亲那里也不好交代。女儿玉香小时候，那时先生的学馆刚起步，自己和先生一天忙于学馆事务，女儿基本是外婆帮着带大，外婆十分喜欢她，现我们变卦，怕外婆生气。由此，夫人每想起这件事时，常常夜不成眠，伤透了脑筋。

董史玲正分析此事时，说曹操，曹操就到。那董史正和他的老婆袁世拐及董史泽来了，看那架势，可谓煞有介事，他们到家连坐都不坐，气呼呼地站在堂屋里，先是袁世拐，两手叉着腰，张口骂道："你董史玲不像话，那年你亲口许诺我，将你姑娘玉香嫁给我儿子董毋学。你还说这样好，我们可以亲上加亲。这都是你亲口说的，老天可做证。现你又让她去和那个程子钦搞得火热，你是一块骨头要哄几条‘狗’，你说你姑娘长得漂亮，又有文化，那就把她拿到街市上去哄‘狗’，市上的‘狗’多的不是，哄的‘狗’越多，你们做先生的人家就越加体面！”袁世拐乱七八糟、语无伦次地大骂了一通。

跟着董史正又说：“妹妹，说起来你的文化比我高，事理比我明白。当年我和你嫂子向你求亲，把玉香嫁给我家董毋学，你念在兄妹手足之情，满口应承，我们一家很是高兴，可当我们正式提亲时，每来一次，你总是说，那丫头的思想工作尚未做通，以此推诿搪塞，迟迟不定，现你倒是做通了她与那个叫什么程子钦的外乡人了，你是咋想的？你的做法，对得起我和你嫂子吗？我那儿子一表人才，要貌相有貌相，要家财有家财，我们家在地方上你是知道的，不在人前，也不落于人后，况且我还当镇长，哪里比不上那逃难的程子钦。再说，凭他的学识，他一定是个有钱人家的子弟，既是有钱人家，像他这样年纪的人，早就有了妻室，你硬是睁着眼，把个黄花闺女嫁给他当姨太太，这不是自讨没趣吗？你自己掂量掂量，我家董毋学是明摆着的少爷，又是亲戚，且底细又清，你不干，非让女儿嫁个什么情况都不了解的逃难崽，你这样做，对得起哥哥我吗？”

哥哥和嫂子的责备，妹妹董史玲亦觉在情理之中。此事，当年自己曾经许诺过，只是以后女大不由己，只好认了。但是嫂子的言辞太刻薄，她无法接受。嫂子的一派胡言使她大为反感。她觉得，嫂子非但不体谅自己的苦衷，而且连亲情也不顾，未免有点过分。于是她也不示弱，便跟着骂起来，一场姑嫂舌战开始了。先是妹妹董史玲质问嫂子说：“什么

‘骨头’‘狗’的，你把侄女骂成那个样，还配当舅妈吗？简直就是泼妇……”当袁世拐听妹妹董史玲骂自己是泼妇，更是恼火，于是一下跳了起来，跺着脚骂道：“我只知道好女不嫁二夫，今天纳许张三，明天纳许李四，这么个简单的道理都不懂，还当先生呢。”她的蛮横无理，弄得董史玲啼笑皆非，双方吵得不可开交。

董史玲哭笑不得之际，李玉香赶到现场，见了大舅董史正和舅妈袁世拐便说：“大舅，舅妈，此事不关我妈的事，责任全在我身上。至于以前你们怎么商量怎么说也好，我皆不管，只是我对表哥这人向来不感兴趣，他身为男儿汉，家庭条件那么好，居然不珍惜，放弃学业，一天弄枪舞棒的，肚里一点墨水没有，我不喜欢。所以尽管爸妈费尽心机，多次做我的思想工作，我就是不干。而且我曾经对他们说，若他们强迫，我就去死，以死换取我的自由和幸福。所以希望你们放尊重些，死了这条心，不要再干扰和纠缠，让李家的生活得以平静。”李玉香把话说绝了，且又是董史正夫妇俩亲耳听到的，自感没趣，也就悻悻而去了。

话说董史正夫妇回到家后，自觉扫兴，尤其是董史正，更是垂头丧气，埋怨起老婆来：“我就说今天别去，前不久刚去的那趟不是也没好结果，现在又去，才隔几天时间，还是容妹妹多做那丫头的思想工作，等她回心转意再去也不迟。可你却说玉香与什么新来的先生搞得火热，怕晚了耽误时机，偏要去。现在好了，她那番话非但一点余地没留不说，还警告我们不再叨扰和纠缠他们家。你看，这哪像是外侄女跟舅舅和舅妈说的话，这丫头简直就是个逆子。这桩婚事，按我的想法，能成就成，万一不能成就算。我有核桃不愁没锤敲，天地之广，哪没好姑娘？满街俊的俏的，多的不是，何必吊死在一棵树上。我们三番五次去求，反让她翘尾巴，瞧不起人。她玉香又有什么了不起？不外乎多识几个字，跟她爹妈在学馆当个先生，娃娃头而已。但她竟不知天高地厚，也不问自己是个几斤几两的人，居然大话连天，说什么非要找个知书达理、饱读诗书的郎君，瞧不起我们的董毋学，你说这不是让人笑话吗？”

妻子袁世拐听他这么一说，也觉得好笑，夫妇俩不禁哈哈大笑起来。他俩吃不上葡萄，即说葡萄是酸的，于是便起了坏心。先是袁世拐说：“即便我们放弃了，但也不能便宜他们（指李玉香和程子钦）。得想个法子治一治他俩，就是不叫他死，也让他脱层皮，方解心头之恨，不然我这口气咽不下去。”董史正听老婆这么一说，也有同感。但他又考虑，一是妹妹和自己毕竟是手足之情，亲情难舍；二是在母亲那里难交代。董史正基于以上两个想法，犹豫不决，在屋里转来转去的。老婆见他迟迟下不了决心，问他何不快些想法子，在老婆的催促下，他开腔道出他的两个难处。老婆听了说：“你还有什么为难的，别人作为晚辈，居然在大庭广众之下都敢顶撞你，你还顾虑什么？人说无毒不丈夫，她既然不仁，我们就不义，以牙还牙，还不行吗？若你有顾虑，我给你出个主意，保你安然无虞。不是说那和玉香打得火热的程子钦是逃难过来的吗？他是外人，身份不明，镇政府完全可以以此为由，羁押他个十天半月的，让他吃尽你们保警队的苦头。这一来，从表面上看是不伤自家人，但实质上是一石二鸟，程子钦吃皮肉之苦，那丫头哑巴吃黄连，痛在心口上。同时，母亲那里也好交代，这岂不是好法子吗？”

董史正听得老婆妙计，不禁赞叹起来，夸老婆神机妙算。他便匆匆赶往镇公所，喊来保警队长农就武。唯命是从的农就武回到队上，立即召集了一个班的兵力，全副武装，并亲自带队包围程子钦住地，然后带起班长和另两名士兵破门而入，恰好李玉香也在，两人正吟诗作对，看来了保警队，一时感到突然，先是李玉香问农队长带兵到此有何事，农回应说：“奉镇长命令前来抓人。”跟着他用手指着站在侧边的程子钦问道：“这位可是程子钦先生？”程答是，农即对士兵递去眼神，两个士兵心领神会，如狼似虎般，先是一人抬起脚将程踢倒在地，另一人拿出事先准备好的绳索，不容分说地将程子钦捆起来，押到保警队关起。一路上李玉香跟着走，到了保警队，她质问农队长：“程先生犯了什么法，你们为何把他关起来？”农答：“这不干我事，我们当兵的，只知奉命行事，至于犯什么法，为何关他，你自个去问镇长就是。”一语打发了之。李玉香碰了壁，只好隔窗向程子钦道了几句安慰的话即回家。

李玉香一路小跑，回到家，直奔上房找到爸妈，把程子钦无辜被逮的全过程一五一十地向爸妈汇报，二老听了一时傻了眼，束手无策，待李夫子转过神来，想起了女儿刚才汇报时所说的那句“程先生犯什么法，为何关他，你自个去问镇长就是了。”一下拍起脑袋，站起来说：“有了！”他这突如其来的举动，使夫人和女儿一时感到奇怪，夫人便问：“什么有了？你倒是快点说，好让我们听听，兴许能把程先生救出来也好。”

说到此，她又说：“程先生虽是逃难过来的异乡人，然而自从到学馆以来，教书很认真，全身心投入到学生的学业上，尽心尽力，他所带的班级，学生个个进步，多好的先生啊，且才学又不凡，是个难得的人才，无故被抓，这是我们的耻辱。”

李夫子听夫人这么一说，心里更气，于是把他的想法说了出来：“程先生被抓是大舅董史正公报私仇，原因是他要娶玉香做儿媳不成，现又看女儿与程先生搞对象，嫉妒于心，把人往死里打，好让程先生经不住他们的折腾而离开广茂，最终实现他的目的，这是其一。其二，他或许不打算娶玉香了，但又想治一治玉香，然而玉香又是亲侄女，直接整玉香，怕遭人笑话，便拿程先生来出气。因程先生是外乡人，非亲非故的，随便怎么整都行，反正他不是本乡人，随便安一个罪名即让他吃不完兜着走。董史正的这一招明是整外乡人，实则是刺痛玉香的心，这便是舅舅的高明和阴险之处。这就不说了，现要说的是如何解救程先生的事。要解救程先生我们可采取双管齐下的办法。一是夫人和玉香立马到外婆那里去当说客。外婆一向是个心地善良、闻善则喜闻不善则忧的人，想必她老人家闻及此事后，必定忧心。你俩到她处把此事的全部经过和董史正为何如此之狠，下毒手整人家外乡人的原委道出，争取她老人家的支持，教育她的儿子多行善事，少做缺德事，于己于人都好。二是我立马找管、苏、赖等乡绅发动社会力量，尤其是学馆子弟的家长，到镇公所请愿，施加压力，要求放人。若两件事办好了，办得牢靠扎实，程先生必定有救。”听了李夫子的分析和解救的两个法子，夫人董史玲和女儿玉香一一点头称是。于是他们便分头去办。

话说镇长董史正指使保警队长农就武逮捕学馆先生程子钦，农就武得令后立即执行，把人逮来，当即派人向他报告，可他不在镇公所。当天等了一个下午，到了晚上，还不见他来，农就武心里着急，遂于第二天清早亲自到镇公所找。他等到九点钟，仍不见董史正，这下他更着急，于是干脆到董府找。看门人告诉他，镇长虽在家，但昨晚与太太出去打麻将，回来得晚，现还在睡，怕是正午才起床，农就武无可奈何，只好悻悻而回。

农就武回到队部吃过饭，顾不上休息，转头又回到董府，这时已是下午一点过了。看门人见他来，便笑嘻嘻地告诉他说："农队长来得正是时候，镇长刚刚起床，现还在洗漱呢！队长可先到堂屋坐坐，小的现就去禀报。"说了即去，农就武到堂屋等候。

农就武到堂屋坐下，从包里抽出根烟，正要点火，董史正来了。农就武见镇长来，即从座椅上站了起来，董以手示意他坐下。董问农："事情办了没有，还顺利吧？"农见问，便将他得令后，如何安排部署，顺利抓获的全过程，作了详细的汇报。董史正听汇报后，点头表示满意。这时，农就武又啊的一声说："刚才在汇报时漏了一点，小的们抓人时，你的外侄女李玉香也在场。小的们破门而入的那瞬间他俩正在嬉笑作诗，看得出他俩还是对诗情画意的情侣呢。小的们把程押到保警队的路上，她一路边哭边跟着走，哭得很伤心，她竟然质问小的，程犯了什么法，为何把他关起来。小的根本不理她。但事到如今，已经一天过去了，如何办还得请镇长明示，不然那姓程的老是喊冤，又吵又闹的，弄得那些士兵们都无法休息。”

董史正见农就武办事认真，对自己言听计从，非常恭敬和忠诚，很是高兴。于是对他说：“姓程的这小子，据说他是个逃难过来的人，他从浙江的先德县逃到我们这里来，大概因为前面已临国境线，再无路可走，便滞留在镇上，在十三湾茶馆与管、苏、赖三位乡绅和我的妹夫李夫子相遇认识。我妹夫看他有点文化功底，便聘他为学馆先生，到学馆教书。他教书倒也有点本事，学馆子弟的家长反映也还好，有一定影响。只是他有点不规矩，初来乍到的，竟然去与我那外侄女李玉香勾搭上，两人搞得火热，每天除上课时间外，几乎形影不离。且每到一处，要么吟诗，要么作对，甚是投缘。他俩的表现，在社会上影响很不好。况且当前国内形势复杂，姓程的是从外乡来的，底细不明，因此，我怀疑他很可能是奸细，防一防是必要的，不然弄出事来，到时不好交差。因此，从现在开始，你对这小子要严加审问。”

李夫子老先生是个爱才的人。他到管士臣家把发生的事和他的打算及想法作了阐述。管士臣听了十分气愤，骂道：“这董史正太不像话！你就在家等着，待我去把大家叫来，我们好生合计合计，设法营救程先生。”说了便披件衣服出门去。

管士臣出去约半个小时，一下喊来了十多位老先生。这些老先生有的穿着黄袍马褂，有的着长衫，他们虽都是些上了年纪的人，但个个满面红光，人人精神抖擞，呈现出一派社会贤达的派头。大伙到管家坐定后，先是管士臣开口向大伙说道：“今天临时请大伙来，不为别的事，是镇长董史正昨天无缘无故下令，让保警队把学馆先生程子钦给逮去关起。这事的详细经过，下面请李夫子老先生向大伙说说。”

是时，李老先生站起来，双手抱拳，向大伙鞠个深躬后说：“昨天下午程先生没来上课，那些学生到处跑，影响别的班级，四年级的班主任寇得龙先生见不对劲，即到我处报告说，程先生没来上课，学生们到处乱窜，影响别的班级上课，叫我去处理一下。我听得情况，一时感到奇怪，心想，以往程先生的纪律是很好的，从不迟到早退，而且是个先到后走的人，怎么今天竟然发生此等事，其中必有蹊跷。于是派人到他住处找，住处的门是锁着的，一时我更感蹊跷，便请寇先生代管那个班的学生，我带着几个人到街上的酒楼和茶馆找，可我们跑遍了整个广茂镇的所有酒楼和茶馆，均不见他人影，无奈之下只好回来。回到家不久，也就是学馆刚放学的那个时候，我的女儿玉香回来了。她哭丧着脸，一双眼睛红红的，看样子是刚哭过。是时，我还以为她出去被人欺负了，哪知她坐定后，即心急火燎地把这事告诉我和她妈。我俩听了后，很是生气，便商量如何营救程先生。根据女儿玉香讲，保警队抓程先生，是受董史正指使，既然这样，我们就想，解铃还须系铃人，遂定了两个法子。一个法子是由我的夫人董史玲和女儿玉香去找外婆，请外婆帮帮忙，说服董史正，叫他放人；第二个法子是我亲自出马，请在座各位相助，以学馆的名义树旗请愿，向董史正施加压力，让他非把人放了不可，不知各位可否助一臂之力，以壮声威。”

李老先生的话音刚落，在场的人纷纷表示一定支持，甚至有些还骂董史正不像话，当个镇长觉得了不起，置国法于不顾，随随便便就抓人，无法无天，为所欲为。又有的说董史正自当镇长以来，凡事常常一手遮天，想整谁就整谁，在他的眼里根本没有民众，是个地道的狂妄之徒，民众恨死他，不行就联名上报，把他拉下马。一时间董史正成了众矢之的，大伙恨透了他。

大伙决定去发动群众，尤其是学馆弟子的家长，于第二天下午两点到学馆集中，然后到镇公所请愿，让董史正放人。

李夫子老先生发动乡绅和社会贤达很顺利。夫人董史玲和女儿玉香去作外婆思想工作的事也很成功。而且外婆在讲到此事时还说："香丫头，原来我的想法是要你嫁董毋学表哥，做我的孙媳妇，可你不喜欢他，嫌他是个粗人，非要找个什么读书人不可，硬是不答应。为了说服你，那天你大舅和二舅、舅妈到你家，我本也要去，只因腿脚不便，他兄弟俩不让去，才没去成。他们去后，回来告诉我你仍不答应。自那以后，我心里就不再牵挂此事了。我之所以不牵挂此事，一是现已是民国，提倡婚姻自由，婚姻还是由年轻人自主的好；二是强扭的瓜不甜，婚姻毕竟是个大事，旁人不宜指手画脚。我这里倒是放下了，可你大舅和舅妈硬是咬住不放，前不久他夫妇俩又去了一趟，被你抢白一顿，记恨于心。他们又得知你与一个什么程先生搞得火热，更是吃醋，故两口子一天叽叽咕咕地想法子整你和程先生。待晚上他回来，我好生教育他就是了，只要程先生不犯法，就不该为难人家，更何况程先生是个逃难之人，父母双亡，孤身一人来到此地，已够可怜的了，再整人家，岂不是伤口上撒盐，痛上加痛？"董史玲母女听了外婆一席心里话也就放心了。

保警队长农就武自从在董史正那里面授机宜后，回头便对程子钦开审。他们在审问前，专门选了两名狠若董超、薛霸(《水浒传》中的角色)的士兵作打手。程子钦一直喊冤，农就武什么也问不出，即将程子钦吊上房梁，棍棒施打，吊得程子钦四肢发麻、头晕目眩，打得他皮开肉绽、鲜血直流，几次晕死过去，晕死了又被冷水泼醒。一个下午，把程子钦折腾得死去活来，喊爹叫娘的。直到下班，他们才把人放下，推进牢房的一烂谷草堆里，不给饭吃，不给水喝。李玉香送饭到牢房，目睹惨状，心如刀绞，更恨董史正和农就武。

第三天下午，广茂镇的乡绅、社会贤达人士和学馆子弟的家长，近600人，如约到学馆集中列队，打起一横幅。横幅上写着“不得无辜害人，还我程先生”十一个遒劲有力的大字，落款是“广茂学馆”，一行人浩浩荡荡地到镇公所请愿。是时，街两旁的民众无不欢呼支持。

到了镇公所院坝，管士臣领喊口号曰：“董镇长不得危害无辜，还我程先生！”顿时，阵阵喊声如潮，惊得董史正束手无策，在群情激愤之下，他不得不面对，不情愿地从深楼里走出来，嬉皮笑脸地对众人说道：“各位乡亲父老有何事，可慢慢商量，何必大动干戈，有伤和气嘛！”是时，管士臣见他虚情假意，摆起一副官架子，就气不打一处来，便接话说：“你说伤和气的怕不是我等，要说伤和气的恰恰是你本人，你是伤和气的罪魁祸首。你可知道，我们广茂镇地处边陲，教育一直落后，你妹夫李夫子好不容易把学馆撑起来，让孩子们有书读，有接受教育的场所。然而，因师资的关系，学馆开的课，不外乎《百家姓》《三字经》等一类的旧学。为此，我们煞费苦心，好容易才请了个新派的先生程子钦。程先生自到学馆以来，用心支持你妹夫，教学作了改进，设置了新学科，学馆蒸蒸日上，广受欢迎，人们无不为此而欢欣鼓舞，高兴万分，你作为一镇之长非但不高兴，不予以支持，倒反无凭无据地把人给逮了，你说伤和气的是谁？”

管士臣的话字字句句如刀，刺到董史正的要害，管士臣说到此时，以眼环视众人，即有意提高嗓门问众人：“乡亲们！程先生是无辜的，我们要求镇长立马释放程先生，你们同不同意？”他的话一落，场上的众人跟着喊“同意！”近 600 张嘴异口同声地喊“同意”，其声如雷，震得董史正发了抖，他深感众怒难犯，遂向众人解释说：“程先生到我地来，身份不明，当前国内形势复杂，有必要仔细审查。经几番审讯，看他也不像坏人，既然众乡亲们要求，我马上放人就是。”他讲到此时，场上即刻欢呼起来。其实董史正说要释放程子钦，除众人的压力和昨晚受其母的一顿训斥外，其中更主要是因为“一石二鸟”的计划已成功，他那不可告人的目的已达到，他的窝囊气已出了，乡亲们来请愿正好给他台阶下，只是苦了程先生。

程子钦得释，李玉香比任何人都高兴，她请人把被打得遍体鳞伤的程子钦抬回自己的家。

程子钦到李家养伤，得到李家老小的关怀，不愁吃不愁喝，更有李玉香的体贴照顾，伤很快就好了。伤好后，李家把他留在家里住，不再让他到外边租房住了，李家的大恩大德，程子钦万分感激，为报答恩情于万一，伤刚痊愈他便到学馆上课，每天下课回家，即辅导李玉香的弟弟李玉力的学业，像亲哥哥似的疼爱他，使小玉力的学业日渐长进。他的举动，李老先生夫妇看在眼里，记在心上，对他更加喜欢。

光阴荏苒，随着国民政府基层政权的更替，董史正不再当镇长了，赋闲在家的他，一天守着祖业度日，他的那宝贝儿子董毋学也已婚娶，董、李两家在外婆的疏导下，和好如初。程子钦自到广茂镇以来已有几载，在李老先生夫妇的关爱下，他与李玉香成婚了，可谓有情人终成眷属。

他俩婚后的第二年，他们的宝贝儿子程广降生，第四年末又生了二儿子，名曰程茂，第六年老三程镇也出生了。三个宝贝儿子程广、程茂、程镇，连起来就成了“广茂镇”，多有意思啊！

三个外孙相继出生，乐得李老先生夫妇一天眉开眼笑的。随着时间的推移，儿孙逐渐长大，李老先生老了，便告休与儿孙共享天伦之乐，把学馆交由程子钦掌管，继承他的事业。程子钦没辜负李老先生的期望，他在李老先生苦心经营的基础上，不断改进教学体制，以适应社会的需要，除原设置的学科外，还开设了数理化和音乐、美术等课程，将学馆办得红红火火，为广茂镇培养了一代又一代的人才。

此后李老先生和夫人董史玲相继谢世，程子钦披麻戴孝，请道士超度亡灵。操办完二老的丧事，又为内弟李玉力操办婚事，尽姐夫之责。跟着又为程广、程茂、程镇三子按序娶亲。诸事皆妥，他也老了，成了广茂镇德高望重、桃李满天下的耆老。

小国淘上讲台

小国淘是我外甥。他姓国，名家宝，乳名国淘，所以，从他小时候起，我就唤他小国淘。

我姐夫国栋梁和我大姐林以静组成家庭后，生有二女一子，老大国玫瑰和老二国桂花皆为女儿，唯老三国淘是儿子。老三的降生，让姐夫和我大姐喜出望外，觉得这下家里有续香火的了，一天高兴得不亦乐乎。他俩高兴，可以理解，然他们在高兴之余，竟忘了“爱子莫要宠，严教方成器”的古话，把儿子当成宝贝，百般宠爱。但凡儿子所要东西，除天上的月亮摘不到，余下的要什么给什么，哪怕拼了老命都在所不惜。儿子不爱上学，不遵守纪律，迟到早退，遭老师批评，他们不但不批评儿子，还怪老师没管好儿子。儿子调皮捣蛋，无故打骂同学，人家家长找他们评理，他们也是一味护短，儿子因此养成了自私和放纵的习性。在家不听父母话，在学校不认真学习，与同学玩耍时，充当老大，颐指气使，看哪个不顺眼，要么就骂,要么就打,常常惹是生非。

记得有一年大年初一,他和几个玩伴到河边放鞭炮,其中有个名叫吕天斌的小伙伴不小心让一颗鞭炮落在他脚边炸开,泥土脏了他的鞋,小伙伴知错,赶紧给他拍干净,可他非要人家下跪向他磕头赔不是,小伙伴不愿意,他抬起脚就踹了人家几大脚,把人家踹到乱石滩里,额头受了伤,鲜血直淌,满脸是血,昏倒在地,不省人事,这下可不得了了。

有个叫南海的小伙伴急忙跑回去,把消息告诉吕天赋的爸妈。两口子一路小跑到河边,果真看见儿子双眼紧闭躺在滩涂上,小伙伴们正拿手帕为他揩去脸上的血。目睹这一状况,两口子无不义愤填膺,吕父捞起袖管,按住小国淘就要打。但生性温柔的吕母,看他如此鲁莽,马上拦住他,并说:“打人不是办法,我们讲的是理,明知他打人是错的,我们再打他,岂不是错上加错吗?总之打人是不对的,我们不能犯糊涂。当下要紧的是,赶紧把孩子背回城,找他家大人评理,及时送往医院检查。这孩子怎么一句话都讲不出,莫不是脑震荡了,这才是我们所要关心的事。”听了爱人的一席话,吕父觉得不无道理,按住心中的怒火,叫爱人背着儿子,自己带着小国淘往回走。

到小国淘家,敲开房门,屋里就两个未成年的小姐姐和一个老太婆。小姐姐中大的一个问:“你们找谁?”吕父答说:“找你爸妈。”小妹回说:“我爸妈年前就回北方老家过年去了,家里就我们姐弟仨和我外婆。”吕父说:“既然你爸妈不在家,那我们就进屋找你外婆讲也行。”于是小姐姐让到一边,让吕家夫妇和跟来的几个朋友进屋。他们到婆婆跟前,向婆婆问话，婆婆听不到，大声问她，似懂非懂的，你问东她道西，问不出个所以然。他们所说的婆婆就是我的母亲。春节前，我姐夫和大姐回老家时，接她去照顾那几个孩子。我母亲耳背，打雷都听不到的。这时，有人说："不行就找他舅舅。他舅舅林似龙在三中当教导主任。"于是，他们一行人转身往我家赶。他们到我家时，我爱人也在。她见大年初一，家里来了这么些客人，心里高兴，热情招呼入座，给来客沏茶倒水，端出瓜果来招待。

突然我看见外甥小国淘也跟在其中，还有一妇女背上背着一个满脸是血的小孩，那小孩我认得，他是小国淘的同学，曾经跟着小国淘到我家玩过几次。孩子虽还小，但很懂事，他听小国淘喊我舅舅，也跟着喊我舅舅。每次来均如此，所以我印象尤为深刻。今天他们一帮人，如此兴师动众，来到我家，况且又是大年初一，我猜十有八九是小国淘这淘气的家伙在外面惹是生非，人家来兴师问罪了。不然新年第一天，谁又会来造访我这个教书匠呢？

我心里正嘀咕时，受伤孩子的爸爸吕麒麟发话了，说："舅舅（跟吕天斌喊），我们今天来不为别的事，是因为你的外甥小国淘和我的儿子吕天斌等平时要好的玩伴到河边放鞭炮，我儿子不小心让一只鞭炮落在你外甥小国淘的脚边炸开，弄脏了他的鞋，是时我儿知错，主动给他拍干净，并赔不是，但他不放过，非叫吕天斌下跪求饶不可，吕天斌不干，小国淘踹了吕天斌几大脚。我儿子个子矮小，身体又不怎么好，从小时起，身子就单薄，瘦瘦小小的，怎么经得起个子高大的哥哥（指小国淘）踹呢？所以，一下子倒在地上，额头碰了个窟窿，血流不止。我俩得到消息后，立即赶往河边事发地，把孩子背回来，先到你姐夫家，找他爸妈评理。谁知到你姐夫家，你姐夫和你姐都不在，家里就小国淘和两个未成年的姐姐及老外婆。老外婆耳朵不行，由我们怎么讲，声音多大，她都听不着。至此，在不得已的情况下，才不得不来麻烦你。孩子在她妈背上，从我们在河边看到时起，直到现在仍昏迷不醒，必定不是轻伤，或许是脑震荡也未可知。请舅舅立马安排送医院检查，到时有了结果，如何处理，大家也好商量。”

听了吕麒麟的陈述后，我觉得人家所说有理有节。是时我无话可说，站了起来，走到跟前，看了那孩子一眼，的确还在昏睡着，我摸他的脑门，还有点发烧，心里更急。于是，我气愤地瞪了外甥小国淘一眼，然后把吕天斌送往医院检查，结果是轻微脑震荡，这下我才稍微放心。但轻微脑震荡也并非小事，按医生的说法，虽为轻微，但若不及时治疗，清除伤处瘀血，后果是不可想象的。医生的意见是，住院输液，清除瘀血，消除炎症，防止感染，这是其一。二是，在医院住着，但凡有异常时，可及时处理，不致因耽误时间而导致新的不测。现就看我们的意见，是带药回家疗养还是住院。

吕麒麟夫妇和他们的朋友，人人睁大眼睛，个个像问号似的看着我，看我定哪个方案。其实对于这事，在医生讲时，我就已做了权衡，如若选择带药回家疗养，的确省事，但就怕达不到预期效果，万一出现不良后果，遭家属埋怨姑且不说，到时还得回头住院，吃二道饭，岂不是更麻烦；选择住院，虽花费较多，但治疗效果好，更容易康复。经反复权衡，我回复说：“住院治疗。”

然而说住院虽是一句话，落实起来就不是一两句话能说得清楚的事了。首先得向医院交钱，姐夫和大姐都不在家，钱到哪里要；二是脑震荡这种病一刻都离不开人，他父母得轮班照顾，要给人家误工费，我自己还得买菜做饭，安排人家一日三餐，况且医院离自己家又远，做好早餐送到医院，等他们用后收拾完回到家，送中午饭的时间又要到了，可谓忙得够呛；三是每次到医院，还得以自己的热脸贴人家的冷屁股，强颜欢笑。我越想越不是滋味。事虽难办，但又不能回避，还得面对现实，只好怨自己咋会摊上这么个“灾星”外甥。

正当我浮想联翩时，医院来人催交5000元预付款，我身上没多带钱，只好急急忙忙地跑回家和妻子商量。好在妻子大方明理，没为难我。接下来的十多天，我每天周而复始地到医院送饭，看望吕天赋，好在吕天斌这孩子懂事，与医生配合得好，半个月就治愈出院，皆大欢喜，我也如释重负。恰好此时我姐夫和大姐也回来了，折腾了半个多月的我，终于美美地睡了个好觉。

我对这个调皮捣蛋的小外甥本就有成见，再加上此次的折腾，更是避之不及，我估摸他这一生，如若照此下去，定不会有什么好结果，对他不抱有任何希望。恨铁不成钢，也就懒得管他，总之一句话，成龙上天，成蛇钻草，顺其自然便是了。

之后不久，根据工作需要，我姐夫和大姐调到省城劳改局工作，他们举家搬到省城住。他们一家迁往省城的十来年，我由于教学工作缠身，很少和他们联系，所以对小国淘的情况少有耳闻。有一年我大姐出差回来，到家里玩，她告诉我说:“你那调皮的小外甥初到省城时,习性仍不改,经常和同学打架,每次打架,我和你姐夫都误认为是省城那些孩子欺生,所以总是护着他。你姐夫的那些战友实在看不下去,批评了我们。其中有个威望较高,且和你姐夫关系较好的战友就严厉地批评我们说:‘你们教育孩子要分清是非,不要是非不分,对也护,错也护,无形中就助长了他的劣性。孩子现在还小,处在懵懂时期,要好生引导。做得对的,给予肯定,做错了就得批评,使他懂得什么是对什么是错,这样做才有利于他的健康成长。他所做的事,即便是无理取闹,或是无理打人,你们都一味地去护他,不分是非,实际是在害他。疼孩子,爱孩子,是天下父母心。但爱孩子,疼孩子要讲究方法,不能无原则地瞎爱,千万不能宠。道理非常简单,孩子从小时起,严加管教,使他本分做人,不惹是生非,小时候努力学习,长大后踏实工作,他本人受益,大人也放心,这不就是爱吗?反过来,宠让他养成吊儿郎当的习性,为所欲为,惹是生非,弄不好还要坐牢,这不是害了他吗?所以说严是爱,宠是害。’被你姐夫的战友批评后,我俩认真作了反思。以前我们因为国淘是家里的独子,就拿他当宝贝,爱他宠他,处处护他的短,适得其反,非但爱他,反而害他。”

“我们经过反思,吸取教训。后来他一打架,你姐夫就狠狠地教训他。有一次,是个星期天,恰好你姐夫休息在家,他在外与人打架,人家父母告到家里,你姐夫狠狠地教训了他一番,并要他向人家赔礼道歉,求得人家谅解。回想那天,你姐夫算是狠了心,打得他叫苦不迭。自那以后,他改了许多。之后又随着年龄的增长,逐步懂得了一些事理,把心放到学业上，不再打架斗殴了，成绩也慢慢好起来。看到他有所转变，我们又采取恩威并重的办法管教他。有进步，给予鼓励，有劣迹，棍棒伺候。后来国淘越来越乖，在家听父母的话，在学校遵守纪律，学业有长足进步，每次测验，成绩均在前五名，真如人所说，浪子回头是个宝，他真的成宝了。”

听到大姐说小国淘的变化，我打心里感到高兴。后来他考上大学，专攻汉语言文学专业，毕业分配到县政府办公室从事文秘工作。他工作认真，勤勉敬业，文章写得好，得到县委书记赏识，调到县委办公室专门写文章。后来领导又送他到省委党校学习两年，毕业后留校任教。

有一年，黔西南自治州人大机关为提高全州人大系统办公室服务水平，举办了全州八县市办公室人员培训班，由分管副主任带队。州人大领导专程到省委党校请人讲课。学校领导考虑他是当地人，便安排他来完成这项任务。他接受了任务，第二天乘车来到州里，晚上来家里看望我们。正在灯下看书的我放下书本抬头看，竟是他，我一时惊喜不已，忙问小国淘：“你是什么时候来的？来之前何不打个电话？”他说，“我是有意让舅舅和舅妈惊喜惊喜，所以不曾打电话。”跟着他又说：“舅舅，外甥此次来，因时间仓促，不曾准备，仅给舅舅带了两瓶酒，给舅妈带了一块衣料，孝敬你二老，不成敬意，惭愧至极。”他一边说一边把酒和衣料放到茶几上，我爱人便说：“小国淘什么时候客气起来了。”于是大家入座攀谈叙旧。

我爱人是个话匣子一打开就收不住的人，何况又是多年不曾见这小外甥了，问这问那，问个不停，坐在一旁的我简直无法插话，只好静坐一边听他俩说。我一边听，一边观察小国淘这个昔日曾经让我吃过不少苦头的淘气鬼，十多年不见，今时居然长成个模样标致的小伙，戴着一副宽边眼镜，讲起话来又是那样的文绉绉，颇有几分学者风度，我打心里高兴。

此时，敏锐的小国淘看出，舅妈只顾和他说话，把我冷在一边了，于是他寻机说："舅舅，舅妈，我此行回来是受州人大邀请，给他们举办的全州八县市人大系统办公室人员培训班讲课，题目叫'勤于学习，提高人大办公室服务水平'。舅舅是州人大常委会成员，所以，我有个不情之请，想请舅舅明天也去。舅舅工作经验丰富，无论理论水平和实践经验都很厉害。舅舅去听，若我讲的有瑕疵和不足，好给外甥指点，便于提高，看是否方便？"

小国淘话音刚落，我还来不及开口，我爱人就做了表态说："去，一定要去，怎么不去呀，多不容易的机会，不说是自己的小外甥讲课，即便是别人讲课，也该去捧场，何况是小外甥呢！不然你这委员是白当了。我看你自当本届委员以来，除参加例会外，每次人家通知参加活动，你总是这推那推的，这不就辜负组织了吗？"其实第二天我在教学上已有了安排，但她已为我表了态，且口吻又那样强硬，像军人下命令似的，一点余地不留，实际是她的一片好心，是她对外甥的关爱。这么一想，再加上我平时又是个惧内的软骨头，于是我把原计划的工作暂时搁置，装模作样地学着军人的样子，站起来答说："是！夫人，我一定去。"是时，我的这一举动惹得他俩笑了起来。闲谈这么久，时间已晚，便各自休息了。

第二天，爱人早早地起来给我们做早餐，我舅甥俩吃完后，乘坐州人大的车，往会场赶去。到了会场，人大的领导和学员们早已在那里等候，我舅甥俩分别与几个领导握手问好后，小国淘走上讲台，我找个位置坐下。接着主持人宣布培训开始，并介绍小国淘的基本情况："国老师是我们州里的人，只因他从小在外读书，大家可能不认识，他是省党校的名师，这次能请他来为我们上课，是我们的荣幸。让我们以热烈的掌声欢迎国老师给我们讲课。"主持人话音落下，跟着就是一阵热烈的掌声。与此同时，小国淘也站了起来，向主席台就座的领导和会场的学员分别行了鞠躬礼，以示感谢。

小国淘走上讲台，说道："此次我受州人大之邀，回到久别的故里和大家共同学习，应说是一种机缘，我虽是这里土生土长的人，但因父母工作调动，从小时起就跟着父母到省城读书，完成了学业后，一直在外工作，所以，不曾对家乡有所贡献，十分内疚。这次能够回来，与大家一同学习，一同进步，是我一生的幸事，我希望将来多有这样的机会，因为这里是我的家乡，是生我养我的故土，不论翅膀多硬，事业如何成功，根都在这里。水有源，树有根，所以，我永远不会忘记家乡这片热土。同时，更希望在有生之年，能为家乡尽一份绵薄之力。同志们，让我们携起手，共同把家乡建设得更加美丽富饶！"跟着又是一阵热烈的掌声。掌声停下，小国淘开讲。

小国淘从公文办理、上下联系、协调工作、会议服务以及后勤管理等方面阐述了办公室工作当中需要注意的问题。最后总结说："同志们，今天占用了大家这么多的时间，鲁迅先生有一句名言叫作'浪费别人的时间等于谋财害命',按先生的这一名言,今天,我怕是谋大家的财,害大家的命了,实在惭愧,讲得不好,仅供参考,请大家原谅,谢谢!"他讲完后,又是一阵热烈的掌声。

我听了小国淘近两个小时的讲授,十分高兴。他讲课层次清楚,条理分明,使听课的人,既听得入耳,同时又易于记笔记。而且他讲课时,抑扬顿挫,有着相当的感染力,让人听得心情舒畅。另及开场白时,先就讲了一段富有情感的家乡话,与听课的学员先拉近距离,凝聚了大家的心,从而使听课人把心思集中到他的讲授中,不能不说是一种高妙的授课方法。其次是结束时,以鲁迅先生的名言收尾,既谦虚又幽默,使人印象深刻。我听了他这节课后,感慨万分,心里在想,这昔日捣蛋的小外甥,居然会有如此大的变化,就像人们所说的,从小就乖的孩子,长大多半是些四平八稳的规矩人;反之,有突出表现的,恰恰是那些从小调皮捣蛋的人,他就是其中之一吧。

下课后,我没有留下与众人聚餐,急忙跑回家,把小国淘授课的情况和我的感受绘声绘色地告诉我的爱人,夫妇共享这一难得的快慰。

怀念我的同事魏立

魏立(鲁魏立)是望谟姚家镇水果村人。他从师范学校毕业后,按组织安排,回到家乡水果村水果小学教书育人。此后因工作需要调到镇中心小学。在镇中心小学工作期间,在做好本职工作的同时,利用业余时间在县广播电视大学函授大专班学习。大专毕业,因成绩优异,尤其文章写得好,又写得一手好字,得到当时县教育局长简顺祥同志的赏识,留在县教育局办公室从事文秘工作。

魏立虽个子矮小,然额头很宽,让人一睹便留下了聪明、睿智的感觉。人说,"个子矮的人,常常都是些聪明人",魏立果然是个聪明人。

魏立非但聪明,且工作认真负责。说他工作认真负责,我是有亲身体会的。1991 年,我在县政府分管科教文卫工作。那年隆冬的一天上午,政府办公室接到省政府办公厅打来的电话，得知副省长已从贵阳出发，来我县调研教育工作，要我们作准备。我接到办公室的报告后，即刻打电话通知教育局长简顺祥同志作好安排，并组织班子成员下午到招待所迎候。

下午，教育局班子成员果然一人不少，负责办公室工作的魏立也到了，孰料省长在途中因故被耽误，未能按预定的时间抵达，于是班子成员以为当天到不了，便一个个离去，仅魏立一人在那里留守。待我忙完手头的事，赶到招待所时，班子成员已踪影全无，唯见魏立一人穿着军大衣在那里等候。他见我到来，从座椅上站起来，迎我入座。我问他局长们都到哪里去了。他答说因为时间很晚了，仍不见副省长到，以为副省长今天不来了，他们便回家了。于是我与他攀谈教育方面的一些事。不久，一辆黑色轿车驶入招待所院内，我俩借助灯光，看是贵阳的车牌号，于是不约而同地从座椅上站起来，走出大堂一看，果然是副省长的车，赶忙向副省长道辛苦，而后送副省长入店安顿洗漱，接着安排入席就餐。个中的一切琐事，均是魏立一人跑上跑下，忙得不可开交。

第二天，又是他第一个到招待所，忙着安排早饭。早饭后，省长到县城的中学专访座谈，第三、四天又到乡间的几所中心小学和一些民办学校看望老师和同学们。省长一路走一路看，还热情鼓励我们说："你们县虽地处边远，然而学校办得如此之好，尤其是鲁良民校，我在公路上就听到从学校里传来阵阵琅琅读书声，令人欣慰。虽然校舍简陋，课桌椅高一张矮一张，看得出，这些课桌椅都是学生自备的，但学生学习兴趣高，很认真。刚才我翻了几个学生的作业本，作业做得很认真，写的字也比较规范。老师们认真教，学生们认真学，令人感动。”

副省长在我县的几天辛苦调研结束了，后来的几天里，我一再想起这件事，同时对魏立工作认真负责的敬慕之心也因此油然而生。尤其在迎候副省长的那天，局长和副局长们均因时间太晚而先回家了，然而魏立并不那样想，也并不那样做，他认为，省长到县里开展调研，尤其是到我们这样既边远又贫困的县来，是件不易之事。同时，对我县而言，亦是件最好不过的大事，真可谓机遇难得。所以，他是那样的执着，那样的认真负责，坚守岗位，直到副省长到来为止。魏立对工作认真负责的态度从此在我心中留下了深刻的印象。这一印象深深地扎在我的心里，挥之不去，至今记忆犹新。

这件事过后的 1992 年，随着县政府班子人员的调整变动，时任县长的冉先觉同志调到州里工作，袁伟灿同志从县委副书记任上调任县人民政府县长，我任县委常委、县人民政府常务副县长。是时政府办公室缺人，特别是文秘人员，因此，组织将魏立调到办公室。工作环境变了，他更加积极肯干，上午布置的任务，下午就完成了，下午安排的工作，他夜里加班，次日早晨“交卷”，工作踏实，认真负责，从不误事。在领导心目中，他是个任劳任怨、努力工作、积极上进的人；在同事眼里，他是个迎难而上、热心工作、从不懈怠的人。根据他的表现，以及政府办公室工作需要，组织提拔他为办公室副主任。之后因为乡镇班子的调整和加强基层组织建设的需要，组织又将他调到较为边远的德仁乡任乡长。

魏立任乡长的几年间，勤政务实，带领全乡人民奔小康，做了大量看得见、摸得着、实实在在、掷地有声的实事和好事,政绩突出,业绩斐然。1997 年 3 月县政府换届,魏立在县十三届人民代表大会第一次会议上当选副县长,进入县人民政府班子。

魏立进入县人民政府班子后,按组织分工,分管农业工作。在几年的工作中,他竭尽全力,勤勉敬业,佳绩频频。为做好工作,他不顾舟车劳顿,酷暑煎熬,几次率农业技术员千里迢迢赴海南岛视察制种基地(我县在海南岛有一制种基地),使得全县粮食生产用种有了保障,为人民群众的粮食生产和粮食丰收费尽心血。他根据县里山多田少的自然条件,开展坡改梯和造田工作,以增加耕地面积,让人民群众拥有相对固定的耕地,作为赖以生存的生产资料。他花了不少精力和心血,带领相关部门的领导和技术人员,深入乡镇,勘察田地,凡适于造田改土的地方,一一测绘记下,入册申报。由于基础工作做得牢靠和扎实,每次上报的坡改梯计划均获上级批准,并及时给予资金支持,使我县在抢抓机遇的几年间,造了不少田,改了不少土,真可谓功在当代,利在千秋,造福子孙的大好事。

魏立为人和善,秉性淳朴,十分尊敬老同志和前辈。他在教育局当公务员时,我与维贤大哥分别在政府和政协为人民做事,凡因工作关系或其他事相见,他总是彬彬有礼,对我俩以前辈相称,尤其对维贤哥更是恭敬有加,即便是他进入政府班子和政协班子当领导后,仍然如此,按他们两家的亲戚关系,维贤哥是他长辈,他更是恭敬。每当我们朋友聚餐时,轮到他敬酒,第一个敬的便是维贤哥。有一次敬酒时,他环视在座的人，看个个均属长辈，他便风趣地说：“各位长辈，少安毋躁，凡在座的晚生都有礼，兹因鲁长辈在此，魏立还得先敬。”说完，便双手恭敬地将酒递到维贤哥跟前敬了后才敬其他人。

2002 年 3 月我在州第五届人民代表大会第一次会议上当选本届人大秘书长，6 月 7 日魏立代表政府送我到兴义赴任。魏立为我送行，虽已 10 年有余了，然而他的朴实、有情有义、有礼有节，至今仍镌刻于我心，每每想及，仿佛如昨天之事。

2001 年 7 月的一天中午，我下班回到家，正准备吃饭，突然一阵急促的电话声响起，我赶忙拿起话筒，是海屯镇领导的电话。海屯镇领导向我报告说，他们镇的巧山组发生了山体滑坡。这次滑坡是在去年的基础上发生进一步下滑，山体断裂的口子约宽一尺，情况危急，群众恐慌。镇领导请求县政府派人勘察、处理，疏散群众，保护人民群众生命财产安全。我听了后，让他不要着急，稳住阵脚，安排人 24 小时观察，看势态发展，不行就先疏散群众，千万要保证群众的安全。我向镇领导作了交代后，即打电话给魏立，向他询问说：“刚才我接到海屯镇领导的电话，说是他们镇的巧山组出现山体滑坡，而且去年曾经发生过一次，你分管国土资源，去年的情况你是否知道？”他听了即说：“去年海屯镇曾经报告过，当时我在贵阳出差，来不及向你汇报，只在电话上叫他们注意观察。几天后我回到县里问办公室这几天是否接到海屯镇电话谈及山体滑坡的事，办公室回说没有。尽管是这样，我仍不放心，当即要了海屯镇的电话，恰好接电话的人正是前不久打电话给我的那位领导，我便问他巧山组山体滑坡情况怎样，他回说再没有异常情况，较为稳定，所以我就按县长的意见，没有给县政府报告。现你又接到报告，很可能与前天下的那场大雨有关。”讲到此时，他顿了一下接着说，“既是这样，那么现在我就去现场看看。”响鼓不用重锤，他分管国土资源，人民群众有难，深感责任重大，责无旁贷，一时使我感动不已，即对他说：“你有这个想法，我俩想到一处了，那么我俩就走一趟吧。”

商量妥后，我俩中午饭也不吃了，在街上随便买点干粮边走边吃。当我们的车走出新乐寨，驶入板里水库时，天气骤变，天上乌云滚滚，没过几分钟，一场瓢泼大雨倾泻而下，打在车子上哗哩哗啦地响，好在时间不长。当我们进入海屯镇岔路口，正往巧山组方向进发时，雨已由大变小，再往前走时，已变成毛毛雨（那里的海拔高于板里水库）。此时我们已走到路的尽头，巧山组在眼前若隐若现。我们当即停下车，留驾驶员看车，我俩各撑一把雨伞往寨子进发。巧山组是海屯镇与打丛乡相邻的一个小寨子，是海屯镇最为边远的布依族自然村寨，三面群山连绵，十分闭塞，寨人自己讲：“我们寨上的人除买盐巴、煤油要出寨子外，平时很少走出寨门，即便是买油盐也是每次买百来斤，所以我们进寨的那条路是荒的。”因此，那天我俩走的路，简直就不算路，我俩连滚带爬，花了将近两个小时，好不容易才走到。

进入寨子找到组长，魏立将我俩的身份向组长作介绍（当时海屯镇的人还未到），组长听了很是感动，遂按旧时俗称，呼我俩为大人，说：“我们寨子的这几户人家，原本是住在大寨子的，后来为躲避兵灾之患，于民国年间搬到这里来。来了这么多年，山好水好，从未发生过山体滑坡，大家安居乐业，日出而作，日落而息，安然自在。然而去年，下了一场大雨，寨子背后突然出现一条碗口粗的口子，而且这条口子刚好横跨于寨子的上方，如果口子再拉长，整个寨子势必就要滑到沟里。我们很担心，镇政府也关心，去年就动员我们搬迁，可过了些时日那口子没有变大，乡亲们就不想搬了，并还说，现在土地实行联产承包责任制，土地都分给个人了，搬了到哪里找地种粮，作为农民，没有土地何以生存。有的还说，搬到人家的寨子，名声难听不说，还要受人家歧视，也就不搬了。哪知前天下了场大雨，那口子又拉开了，房屋、牛舍均不同程度受影响，乡亲们就慌了。今天两位大人，顶风冒雨来看望我们，关心我们，来到我们这样不起眼的小寨子，视察灾情，问民冷暖，也只能在共产党的领导下，我们才能享此殊荣，在旧社会，受灾非但没人管，拉兵派款追粮的倒是屡见不鲜。”听了组长一番介绍和深情的述说，我一时感慨不已，心想人民是多么需要政府啊！尤其在他们遇难受灾之时更是需要，今天尽管在路上累点、苦点也是值的。

此时，海屯镇政府的领导来了。我们一同由组长带路，前往断裂带勘察。那断裂带较长，横跨整个寨子有余，长有两百多米，所开的口子，有的地方五六寸，有的七八寸，最宽处达一尺多。这样宽的裂缝，遇上下雨，山上积雨面宽，雨水往下冲，往断裂处灌，其潜在的隐患不容忽视。

我俩和镇政府的领导略作商量，统一了想法，然后召开全组人员动员会，由魏立在会上介绍情况的严重性，以及安排寨民搬到县南面的毕林寨和坎子村的计划,划国有土地(农水河林场的土地)给他们经营,专门种植甘蔗。寨民听得津津有味,尤其讲到划国有土地给他们经营时,更是喜上眉梢,人人赞成,个个拥护。在群众统一认识的同时,我们商量决定,责成镇政府安排人员专抓此事,限期完成。所有事安排妥当,我俩便和镇政府的领导赶路回城。

那天我俩合办的这件民生大事办得那样顺当,那样有声有色,心里喜滋滋的。次年我调到州人大工作,第三年县里换届时,魏立调到县政协任副主席,我俩先后离开县政府,在海屯镇巧山组合办的这件事,便成了我俩共事多年来合办的最后一件事。

我 1965 年参加工作,魏立 1966 年出生,20 世纪 90 年代我俩同在县人民政府工作,可见他的进步是何等之快,只可惜他英年早逝,实在令人遗憾!

人应有自知之明，不然力也费丑也丢

有一祁姓人家，户主祁玉龙，妻马氏，夫妻俩生有一子，取名祁应祥，由于是独子，万般宠爱，站怕倒，坐怕歪，把全部心血倾注于儿子身上。儿子满七岁那年，便送到学馆先生门下启蒙，读书习字，明白事理。儿子高中毕业，恰逢新中国成立，时值国家用人之际，于是参加工作，投身轰轰烈烈的社会主义建设。儿子长到 20 岁时，便为其婚配。媳妇是本市一户黎姓人家的三女儿，名叫黎勤，人长得俊俏，又是望族人家的闺女，从小受良好教育，知书达理，恭顺夫君，孝敬公婆，勤于家务，把家里打理得井井有条。所以乡亲邻里无不伸着大拇指夸赞，说祁家祖坟埋得好，取了个贤惠媳妇。众人的夸赞，使祁玉龙两口子乐得一天到晚笑哈哈。然而，天有不测风云，媳妇在分娩时难产，母子双双死去。这一突如其来的罹难，一时给祁家罩上了黯然的阴影。公婆哀叹，夫君泪流，邻里惋惜。然而，哀叹惋惜也罢，泪流满面也罢，人死不能复生，只能节哀顺变。

儿媳妇母子俩不幸身亡，对祁玉龙老两口来说犹如晴天霹雳，其打击非同一般。他们一天到晚茶不思饭不想，郁郁寡欢，双双抱病，不久相继离世。父母过世，给儿子祁应祥留下一栋房子，这便是父母给他的所有财产了。

父母走了，妻子去了，原本温暖的一个家，眼下唯剩祁应祥一人，多凄惨啊！祁应祥每天除了上班外，既不走亲也不访友，话也越来越少，一天闷闷不乐，这与以往那个乐观潇洒、善于言谈的他判若两人。亲戚朋友同情他，帮他撮合，与一寡妇全毋安结合，组成了新的家庭。有了新的家庭，他的日常生活有人照顾，才逐渐恢复常态。但美中不足的是，全姓寡妇嫁过来时，带着她与前夫所生的女儿全小花（跟母亲姓），祁应祥便当上了后爹。小女孩长着一双细细的小眼，尖嘴巴，额头尤高，虽才七岁，但给人的感觉，长大后定是个富有心计的人，祁应祥心里颇不舒服。但他没有别的选择，只好硬起头皮，面对现实。尽管如此，祁应祥仍视如己出，善待全小花，给她温暖，送她上学读书，辅导作业，尽父亲之责，直至高中毕业，乃至以后参加工作，也为她操了不少心。

全小花随母亲来到祁家两年后，母亲为祁家生了个儿子，取名叫祁振。全小花和祁振是同母异父的姐弟。

一晃20年光阴过去，姐弟俩都已长大成人，且都参加了工作。之后姐弟俩分别成婚，姐姐嫁给本市农业局一姓金的职员，弟弟娶了本市商业局一姓钟的会计员，各自组建了家庭。姐姐全小花出嫁后，跟随姐夫住农业局福利房，弟弟祁振住老家，各有归宿。弟弟祁振婚后生了一子，取名叫祁令。

祁令五岁那年，父亲祁振得了一场病，医治无效撒手人寰，丢下了爱妻钟氏和幼子祁令。祁振走后，钟氏与儿子相依为命，靠着自己每月微薄的工资收入维系生活。生活虽为清苦，但好在祁令天资聪颖，学习上进，大学毕业后参加公务员考试，名列榜首，供职于市政府办公室，从事秘书工作，为苦熬多年的母亲争了气。

不幸的是不久后祖父祁应祥与祖母全毋安离了婚，经法院判决，房产归祁应祥所有。之后，祖父祁应祥考虑自己年事已高，为避免后人为房产发生纠葛，明确将房产赠予家孙祁令，并到公证处办了公证。

按照祖父祁应祥的安排，祁令获得房产，可说是既合理又合法，孰料半路杀出个程咬金，全小花强词夺理地说，当年她跟着母亲到祁家生活，母亲全毋安嫁给祁应祥，祁应祥便是她的继父，老人的财产也应有她一份。为此事，全小花与祁令两姑侄，不知发生了多少次纠纷，电话里争，街上碰着争，甚至半夜到祁令家争。争了又吵，吵了又争，进而打了起来，搅得邻里不安宁。此后全小花在处于劣势的情况下，居然耍起流氓手段，要么趁祁令上班用泥巴或胶水堵祁令房门锁眼，要么撬门入室，或将垃圾和污物往屋里塞，弄得祁令啼笑皆非，不得已花钱请人修锁除污物。等把锁修好，污物除去，不几天她又重来，连续好几次。祁令不堪忍受，以干扰他人正常生活为由，告到社区派出所，派出所听了后说："你们这事属财产纠纷，应由法院处理。"一句话打发了事。之后祁令一纸诉状告到法院。

法院根据诉状，安排专人调查。在调查掌握情况的基础上，召集双方到法院调解，企望通过调解了结此事。在调解会上，先由祁令发言。祁令说："我祖父丧妻后，娶了全毋安续弦，生下我父亲祁振，我是祁家嗣子，祖父祁应祥将房产赠予我，是祖父的心愿，亦是合法的财产，这已是板上钉钉的事。再说，当年祖父娶全毋安续弦，全小花因生活无着，才来到我家，由我祖父养育直至成年，乃至以后婚嫁，均由我祖父操办，且她母女俩到我家之前，房子本就有了。全小花非但不感恩，反而见财起意，昧着良心，打着什么'大家都是老人的后代，财产应共享'的旗号，与我争夺财产，纯属无理，这是其一。二是该房产已由我祖父明确赠予我，并已作了公证。由此证明，我所取得的房地产权是合法的，全小花不该与我相争。全小花居然明目张胆地与我争房产，并破坏我的门锁，撬我的房门，将污物往我屋里塞，干扰我的正常生活，无法无天。古话说：'人不知耻，百事可为。'全小花怕是这类不知耻的小人了。"

原告祁令有理有据的陈述，点到全小花的痛处，但她却装着一副满不在乎的样子，强打精神，故作镇静，待祁令讲完，她立马跳起来骂道："你这小子，你懂什么，我和我妈到你家时，你还不知道在哪里，现在你长大了，居然敢来与我争，你算什么东西。你可知道，没有我妈你从哪里来？今天你竟敢当着众人的面，胡说八道数落我。你这小子，你有点良心没有？你小的时候，我哄你睡觉，喂你吃饭，这些你都不记得了，你这忘恩负义的家伙！"骂了一阵子后，她对法官说，"法官同志，你们调解也是可以的，但我须向你们说明的是，当年我跟母亲到祁家，祁应祥便是我继父，那么他的财产，我应有共享权。请你们酌情处理，不然我非但不服，而且还要上诉。”

全小花话刚落，祁令觉得此人太不讲理了，不但骂自己还要挟法官，气愤之下，他对全小花说：“你到祁家是小马随娘，来祁家吃饭长大，已够意思了，现在你还有脸来争财产，这岂不是太荒唐了吗？”祁令的话，一时激怒了她，尤其骂她小马随娘，她更气恼，认为是对她的侮辱，于是气愤地站了起来，露出母夜叉似的凶相，跑到祁令跟前，狠狠地扇了祁令两个耳光。是时，血气方刚的祁令也不示弱，两人互相打了起来，好在法官及时制止。法官觉得调解已是不可能了，继而宣布调解结束，叫他俩各自回家请律师，听候通知，作再次开庭准备。

一星期后法院开庭，原告代理律师认为：当年全毋安与前夫离异后，改嫁祁应祥，全小花尚小，生活无着落，跟随母亲到祁家。继父祁应祥，视她如己出，抚养成长，使被告全小花在祁家度过了幸福的童年和青年时期，后来继父又为她操办婚事。祁应祥与全毋安离婚后，全毋安离开了祁家。法院已明确将房产判归祁应祥个人所有，转而祁应祥又将其赠予祁令，并做了公证，从法律角度讲是合法的。原告代理律师陈述完毕，被告代理律师陈述说，全小花跟着母亲到祁家，祁应祥便是她的继父，老人的财产，其子女即当共享，请法庭考虑。双方律师都作了发言后，法庭合议作出如下判决。

一、祁应祥丧妻后，娶全毋安为继室，生了祁振（已故），祁振婚后生祁令。祁令为祁家唯一嗣子，祖父将其个人合法财产赠予家孙祁令，祁令取得房地产权是合法的，为此，判决该房地产归祁令继承所有。

二、全毋安改嫁祁应祥，全小花跟着母亲到祁家，祁应祥则是她的继父，按此，老人财产是可共享的，但祁应祥在作财产处理时已明确赠予祁令。因此，法庭对照相关法律条款判决，是维护法律的尊严，全小花不得与其相争。

三、全小花应赔偿撬门、坏锁等行为所造成的损失和诉讼费2500元。

判决后全小花不服上诉，不久后收到“维持原判”的回复。

这台闹剧就这样结束了，事实说明，该是你的，你就要，不该是你的，不要挖空心思去强争，现在是民主法制社会，法律面前人人平等。凡事要有自知之明，若无自知之明，硬去强争，到头来将像全小花一样，力也费，丑也丢。

麻山起义

1939年，百里麻山人民在暗无天日的旧社会里，不堪忍受国民党反动派的剥削和压迫，在熊亮臣的领导下，揭竿而起，把枪口指向国民党当局，轰动了社会，动摇了国民党在望谟的统治根基。

熊亮臣、熊亮斌、熊三妹兄妹仨和麻山的广大劳苦大众，在国民党统治的日子里，过着衣不蔽体、食不果腹的生活。熊亮臣有幸三次结识红军，得到红军的支持。第一次是在王海平手下当勤务兵时，百色起义失败，部分红军渡江到板陈休整。第二次是桑郎恶势力头子王乐山诬陷他与其弟熊亮斌拦路抢劫王的两挑银圆，兄弟俩跑到卡法找红军帮助（到卡法经王海平给王乐山解释，王乐山才解除误会放过兄弟俩）。第三次是家庭生活窘迫，无米下锅，得母亲允许，到观文的姨妈家借粮，路遇野兽，在搏斗中受伤，昏倒于地，红军长征路过观文，救了他，帮他包扎伤口，而后他与红军同行进入播东、包树、谭龙等布依族村寨，主动给红军当翻译(熊为苗族，懂得布依话和汉语)，使红军顺利通过布依族村寨，渡江(北盘江)西进。

熊亮臣三次与红军结识，使他一次又一次地对红军加深了认识，尤其是第二次到卡法红军连队小住的二十多天里，他与战士们同吃同住同劳动，亲眼看到红军纪律严明，深得民众拥护和支持。同时，在与红军结识过程中又接受了革命教育，使他懂得，穷人要过上好日子，就必须团结起来，打倒剥削阶级，打倒欺压百姓的国民党反动派，使他的脑海里萌生了在麻山组织一支武装队伍的念头。他把这一想法告诉连长牙永平，牙永平支持他在麻山地区组织民众与国民党当局进行斗争。熊亮臣得到支持，下了决心，积极筹划。

熊亮臣回家后的一天，他问弟弟熊亮斌说："二弟，你看能够跟我们一起扛枪的人有谁?"其弟说："底落寨的罗绍先为人稳重，会想事，洛化寨的熊亮清最恨抓兵派款。我们先去联络他们看看。"于是兄弟俩到罗绍先家。他俩到底落寨罗绍先家时，罗刚从纳夜寨回来，熊亮臣见到罗绍先即问："绍先兄弟因何事去纳夜寨?"罗绍先见问即答："不说了，看来山上的人活不下去了。我今天去纳夜寨卖一斗米才换回一斤盐，真是斗米斤盐。"熊亮臣听了跟着说："今天我们来找你目的就是与你商量怎么活下去的办法，山上的人苦到头了，年年如此清贫，难道还要这样苦下去吗? 总得想点办法帮麻山民众出个主意。"罗绍先接话说："什么办法呢? 条条路都被官府堵住了，唯有一条就是提斧提刀去砍杀。"熊亮臣听了罗绍先毫不掩饰的快言快语即说："痛快，今天就要你这句话，为提斧提刀的事来找你商量的。”

罗绍先比熊家两兄弟都小，但他是个有心计有抱负的人，他猜得出熊家兄弟俩来找他，其意并非走村串寨玩耍，而是为组织民众来的，遂对熊家兄弟俩说：“我听熊大哥、熊二哥的安排，只要你们领头，我罗绍先决不后退，跟随两位哥哥干到底。”于是熊亮臣将组织麻山武装队伍的想法说了一番。罗绍先听了随即表态：“只要熊大哥你出来当头，我负责联络牛场、岜坟、底落等村寨的青年一起干。”

熊亮臣兄弟俩在洛化寨与熊亮清谈时，熊亮清说：“我早就希望麻山有一帮人与国民党斗。”熊亮清愿做熊老发等人的思想工作，大家想法一致。

从此，罗绍先、熊亮清等人经常到熊亮臣家商议，是此，麻山武装队伍的骨干就初步产生了。随着骨干的初步产生，他们就开始组织民众，轰轰烈烈地开展抗粮抗税斗争，同时又组织民众击退国民党保警队的几次围剿，名声大震，于是就有王小书、王国安、王廷章、黄明亮、罗朝玲、罗朝光、韦老双、张茂芝等率数十支队伍前来参加。所来的队伍少则几十人，多则百人之上。这些队伍再加原有的人马，已有两千人之众，熊亮臣的队伍就这样壮大起来了。1939 年 5 月 21 日，在乐旺大坝召开各路联合队伍大会，正式成立麻山民团，揭竿而起。众人推举熊亮臣为民团团长，杨树青为副团长。王小书、王国安、田玉芝、张茂生、罗朝珍、王加禄、杨绍清、熊发祥、王学珍等人分别担任各大队的大队长。团指挥部设在洞水，马三、王建模、罗少先、李云妹、熊亮斌、杨绍斌、熊三妹等人常驻团部。民众组织起来后，平时种田，遇保警队骚扰时，由指挥部派人到各村寨通知,统一指挥,对敌作战。与此同时,指挥部留有一支善于作战的队伍,称警卫排,排长是熊亮清。这支队伍是麻山民团的王牌排,全由孤儿寡崽组成,有五六十人。

副团长杨树青也有一支人数相等的警卫排,两个排共一百余人,装备好,战士枪法准,是麻山民团的主力。平时进行军事训练,战时从这两支队伍中派有经验的人员到各大队协助指挥作战。麻山民团组建后,武器方面常得到王海平司令的支持。王海平支持的武器除武装两个警卫排而外,还武装了民团的各大队。武装民团的建立,使麻山贫苦民众扬眉吐气,保警队不敢进山了,抗粮抗税抗暴成功了,地方恶势力也有所收敛。一次,马场的保长强行抓一农民的独子去当兵,其父找到熊亮臣求救,熊亮臣带熊亮斌、熊亮清等人前去要求放人,是时横行乡里、百姓恨之入骨的保长态度嚣张,不把熊亮臣等人放在眼里,当场被熊亮斌一刀捅死。第二天,乡公所果然把人放回,消息传遍大、小麻山,保长们吓得不敢乱抓人了。又有一次,熊亮臣带着李云妹、熊三妹、杨绍斌到木引马场,遇着两个乡丁正毒打一个交不起税款的农民,熊亮臣见状,拔出手枪,当场击毙一个乡丁,另一个跪地求饶,熊亮臣箭步上前,一拳将他打翻在地,并握起手枪指着他教训说:“今天我不杀你,你回去报告乡长,如果再逼老百姓交税款、派兵派粮,我麻山民团就砍乡长的头!”吓得乡丁磕头答应“是,是。”

熊亮臣揭竿而起,领导麻山农民武装与国民党当局抗衡,给抗捐抗税的民众撑腰,反对抓兵派款,整治恶霸土豪,威震两省(贵州、广西)六县。国民党政府多次派兵攻打,都被熊亮臣率领民团打得落花流水,大败而归,致使国民党当局恐慌不安,感到麻山地域太宽,政令不畅,鞭长莫及,决定在麻山地区设置新县,以便镇压这支农民武装。遂析贞丰、紫云、罗甸、关岭四县的部分联保,于1940年建立望谟县。

望谟县建立后,麻山民团不断与县保警队周旋,伺机打击和消灭。有一次在交棓打了一个大胜仗,把保警队打得只剩二十多人,民团紧追不放,而后在交棓的一片缓坡把他们团团围住,全部活捉,缴了枪支弹药,杀掉队长冯开东和班长王毛二,其余放还。

交棓战大捷的当天晚上,熊亮臣在乐旺乡公所召开各股头领会议,提出进兵望谟县城,责令县政府答应减免赋税,如政府不答应减免农民赋税,就抓县长,他的提议立即得到各位头领的支持。熊亮臣还派人通知正在紫望公路(紫云—望谟)上施工的李明亮率部参加。李明亮是长田乡红岩村人,曾参加过王正甫组织的打败国民党保安团的进攻,他作战勇敢,有勇有谋。长田暴动失败,他上麻山躲了一段时间,后来回到家借修路干活藏身。

李明亮在工地看到监工无故殴打民工,暗地里串联民工,伺机报复,得到大家拥护,成了紫望公路河德段民工的组织者和领导者。之前他听说熊亮臣在洞水组织了一支民团武装,早就仰慕,曾去拜会熊亮臣,熊亮臣热情接待他,并要他回工地继续组织民工,一旦有战事,即率领民工响应。他回到工地,加紧联络,做好准备。不久,熊亮臣、熊亮斌、王小书带着人马汇合于距县城9千米的新屯村。得到通知的李明亮十分高兴，即令民工回家拿武器赶来参加。熊亮臣领导民团，大兵集结，剑拔弩张，1943 年 3 月 4 日上午，县城传来熊亮臣率麻山民团驻扎新屯的消息，县长钱文蔚坐卧不安。当时正在架设望谟至册亨至贞丰的电话线，还没有接拢，仅有的一部发报机发生故障，与外界失去联系，无法呼叫援兵。望谟县政府自卫队长王建纲虽有部分人马驻扎县城，但也才几十人。

熊亮臣、熊亮斌、王小书、李明亮等民团首领于当晚在新屯召开进攻望谟县城的会议，熊亮臣说："我们已在新屯驻扎两天了，各路队伍集结，已达七百多人，估计望谟守城保警队、自卫队人数不多，若他们力量强大，钱文蔚绝不会坐视我们占领新屯。"会议决定第二天进城。

他们正在开会的时候，一警卫进来报告说："杨再举到。"听说杨再举到，熊亮臣十分高兴。杨再举是蛮结寨一地方小势力头目，手里有十多杆枪，支持熊亮臣抗暴斗争，被人告密被捕，关在望谟。这天，直至晚上都无人送饭到牢里，牢里的人觉得奇怪，从窗子向外看不见任何动静，原来守牢的士兵已撤走。黄昏，牢里的人砸破牢门，逃出监狱。杨再举到街上找饭吃，碰见几位老妪一打听，才知道因熊亮臣率民团到达新屯，县长和大小官员都已逃到乡下，于是杨再举赶紧来通知熊亮臣。

熊亮臣获知这一信息，知道县城是个空城，即令王小书率众作前锋，浩浩荡荡地开进县城，民团不费一枪一弹，轻而易举地占领了县城，麻山民团大显声威。

4 月 5 日麻山民团占领县城，6 日，专员徐实圃接到了册亨、贞丰两地电报，获悉望谟县城失守，县长弃城而逃。徐实圃于第二天率一个保安中队抵达贞丰县城，并急调兴仁、安龙、普安等县保警分队直奔贞丰，委派张范生为剿匪大队长，刘铨为参谋，率部进入望谟。与此同时又从安龙、册亨调配团壮二百余人驻防册亨的打宾，随时准备渡江援助张范生。

为防止麻山民团长期占领望谟县城，徐实圃电请省保安处出兵，省保安处派驻安顺的魏焕藻率保四团一个大队经紫云赶往望谟。张范生所率的百余名直属保安中队，配合地方自卫队，于9日从贞丰出发，当晚宿鲁贡，10日渡江挺进望谟。同时派何光举、王建纲率团壮合力攻城。

听说徐实圃调兵遣将，熊亮臣率部撤离县城，往大观方向进发。王建纲率部追击，在王母沟被熊亮臣指挥民团伏击，激战了半天，双方各有伤亡。熊亮臣部撤走牛场，王建纲撤回望谟。

11日，张范生、刘铨率直属中队到望谟，恢复县城秩序。翌日，钱文蔚从板陈也回到县城。县政府一片狼藉，文书档案被付之一炬，办公用具被砸出大门，墙上贴满了“官逼民反，民不得不反”等标语口号。

14日，徐实圃到达望谟，随同而来的还有军区上校科长谢士俊。钱文蔚率何光举、王建纲、王文焕等军政人员及城中父老乡绅出城迎接徐专员到来。

16日下午徐实圃召开军政联席会，会上表扬何光举，不点名地批评王建纲不抵抗。徐实圃最后宣布：钱文蔚身为一县之长，守土不力，停职反省，暂由科长谢士俊行使县长职权。钱文蔚在望谟协助谢士俊攻打麻山，戴罪立功。当天下午，徐实圃离开望谟经紫云到省城贵阳，向省主席杨森报告情况。

这次麻山起义，国民党调兵遣将，大兵压境，民团审时度势，虽主动撤离县城，但给国民党的打击是沉重的，长了人民的志气，灭了反动派的威风，并且使以后的一段很长时间里，国民党不敢进攻麻山，也不敢到麻山收粮收款和抓壮丁，民团取得了抗粮抗税抗暴的胜利。

读李母自律故事有感

李畲是唐代的一名御史，御史这一官阶，比照如今，算是部级干部。

那时朝廷给官员的俸酬是米，称为“俸禄米”。官员们每月的俸禄米，均由朝廷安排人送达家中。李母每收到儿子的俸禄米，总是叫家人复核，量一量。此举不是怕少得，而是怕多得。有一次果然多出三斛有余。李母问送米的小吏，小吏回答说：“御史大人的俸禄米称的时候，没有刮平，所以就多出一些。”接着李母又问：“送米的车钱多少？”小吏说：“给御史大人送俸禄米，不收车钱。”李母听了很生气，告诉家人，退回多出的俸禄米，并按数交付车钱。待李畲回到家，被李母狠狠训斥了一顿。之后，李畲又批评了管钱粮的官员，并转述了他母亲的话，他的同僚和下属听了既佩服又感动。

这则故事，是我在图书馆顺手翻阅架上的书时无意中看到的。故事虽简短，但其教育意义，让人印象深刻，让人为李母清廉自律的家风和志洁行芳的母仪风范所感动。在感动的同时,我不禁想起时下的一些部门铺张浪费和一些人公车私用的行为,实在让人气愤。

李母生活在封建专制统治时期,尚能明白是我的,该我要,不是我的,分文不取的道理。而如今,我们生活在文明的社会主义社会,那就更应该懂得严于律己,公私分明,廉洁奉公。李母勤于自律,严于教子,堪为千古楷模。今天我们的干部队伍如能多一些这样的好母亲,不知要减少多少贪官污吏,廉政建设该取得多么显著的成果啊!

县令豁达　邻邦和睦

有一天，我到朋友家串门，我的这位朋友是个手不释卷的读书人。因为有了这一爱好，平时生活节俭的他，把每月所得的工资，几乎都用于买书，书房里除几个大书柜装得满满的外，桌上、凳上、沙发上也都到处是书，他的家让人感觉就像一个图书室。

那天，我们聊天时，我顺手从书桌上拿了一本书，这书是我早就想看的好书，居然在朋友家看到，我一时高兴不已，即聚精会神地读了起来.

书中讲述了这么一件事。春秋战国时期，楚国和梁国的边界上各设街亭，各有亭卒驻守。在边界的空地上，楚、梁两国的亭卒各自种上了西瓜。楚国的亭卒懒惰，既不浇水，也不锄草，因此瓜秧长势不太理想。而梁国的亭卒勤劳，瓜秧长得甚好，地上葱绿一片。这就惹得楚国的亭卒们十分嫉妒，于是他们趁着某个没有月亮的夜晚，来到梁国的瓜地使坏，扯断了许多瓜秧。

第二天，梁国的亭卒发现此事后非常气愤，叫嚷着要把楚国的瓜秧也扯断，后来有人把这件事上报给了当地县令宋就。宋就对梁国的亭卒说："我理解你们的心情，如果把楚国的瓜秧扯断，当然既痛快又解气。可是你们想过没有，既然别人做得不对，那么你们为什么要跟着学呢？这不就狭隘了吗？"亭卒们听后认为很有道理，就问宋就该怎么办。宋就说："你们去帮帮他们，让他们的瓜秧长起来。"梁国的亭卒听了后，就去照做了。

过了一段时间，楚国亭卒的瓜秧果然一天比一天长得好，他们就觉得很奇怪，于是暗地里观察，后来发现是梁国的亭卒每晚偷偷地给他们的瓜秧浇水。看到这种景象后，楚国的亭卒自觉惭愧，于是就把这件事上报给了楚国国君，楚王听后，特备厚礼让人送至梁国，以表歉意。结果，原本是敌国，竟成了友好的邻邦。

读了这则以德报怨的历史故事，使我感慨不已，更为宋县令豁达的胸襟所感动。正如孔夫子所说的："成事不说，遂事不谏，既往不咎。"

人们生活在社会里，无处不存在矛盾，经常有磕磕碰碰。矛盾的存在是客观的，就看你遇到矛盾时，用什么方式方法去处理和化解它罢了。如若像宋县令那样，以德报怨，非但不追究别人的过错，反而主动去帮助别人，矛盾和问题就迎刃而解，大家和睦相处。宋县令得知瓜秧被扯断一事时，表现得很冷静，不但不怂恿亭卒以牙还牙，破坏楚国亭卒瓜秧而解气，反而让亭卒们去帮助对方把瓜养好护好，感动邻国国君，使原本敌对的两国和睦友好，这就是宋县令的高明之处。他的得当处置，可谓打了一场不是外交胜似外交的大胜仗。

某县的一村庄，弟兄俩为争父母留下的一块宅基地，斗得鸡飞狗跳，反目成仇。事情的起因是哥哥在建房时，未经弟弟允许，私自侵占了弟弟的一尺地，弟弟和弟媳不服，进而引发一桩纠纷，差点闹出人命。

哥哥叫一恩，弟弟叫一德，一恩、一德是同胞共乳的亲兄弟，父母在世时，为他兄弟俩建了五间瓦房，为使兄弟俩不为房产的事发生纠葛，让人见笑，就作了“房屋和宅基地兄弟俩各一半”的明确安排。

此后父母故去，哥哥一恩改造旧房，然因设计需要，非占弟弟一德的一尺地方可建成。当时弟弟一德在外打工，哥哥不曾给弟弟打招呼。兄弟媳妇在家，但哥哥一恩没有和其商量，兄弟媳妇心里就不舒服，认为这是哥哥一恩目中无人，这是其一。二是哥哥家的经济状况要好一些，由此嫂嫂常大话连天，炫耀于人。弟媳妇本就耿耿于怀，嫉妒在心，她早就想发作，苦于没有机会，现在机会来了，于是她就来个你不仁我也不义，给远在外地打工的丈夫打电话，添油加醋地把哥哥如何侵占土地的事做了一番绘声绘色的描述。弟弟原本想在家与哥哥合作经营养猪场，因嫂嫂从中作梗而未能如愿，才不得已背井离乡，到外地打工。弟弟早就耿耿于怀，听说这一情况后，一时义愤填膺。继而向领导告假，日夜兼程赶回家。

弟弟到家时，恰好哥哥不在家，于是他用尺子量了量，哥哥一恩的确占了他一尺地，且房已建成。待哥哥到家，他冲着哥哥就骂："你占了我的地，连招呼都不打一声。就算是我不在家，但你兄弟媳妇是在的，你为何不打声招呼，你仗着有几个钱就不讲理吗？"哥哥自知理亏，没和他吵，心平气和地向他解释说："我并不是要占你的便宜，我是要给你讲的，只因你不在家，这种事电话上又讲不清，况且请先生看的建房日子又紧。至于兄弟媳妇那里你是知道的，她和你嫂嫂向来不睦，找她讲怕碰一鼻子灰，所以没给她讲，想等你来再给你单独讲，补点钱给你。我原本就是这么个想法，总之，这是我的不对，望你见谅。现在你回来就好，我们兄弟俩来商量，看咋补偿你为好。"

哥哥一恩话刚落，弟弟一德接着就骂道："现在你才知道商量？你以为房子建了，木已成舟，我奈何不了你，想拿点钱来打发我交差，那是不行的，今天便是你拿金山银山我都不要，我要的是父母给我的地，要的是争一口气，你必须把墙拆了，还我的地。"弟弟不依不饶地唠叨，把哥哥一恩也激怒了，哥哥一恩也并非省油的灯，于是两兄弟互骂不说，居然打了起来，弟弟顺手抓起地上的半节砖，朝着哥哥猛击过去。这一击不偏不离，正中哥哥一恩的脑门心，哥哥一恩顿时晕倒在地，不省人事，流血不止。此时弟弟一德也傻眼了，好在邻里闻讯及时赶到，把哥哥一恩送往医院，幸亏伤势并不致命，住了半个月的院即回家。后经派出所调解，弟弟一德赔偿哥哥一恩医药费 7216 元，哥哥一恩补偿弟弟一德土地费 3500 元，这事才算了结。

这件事，首先是哥哥一恩不对，擅自占了弟弟的地，尽管仅一尺，说来也是微不足道的，但这毕竟是他的财产。再说平时两家本就不和，尤其两妯娌又有嫌隙，不打招呼，擅自占用，那还了得吗？平时弟弟想发作都没机会，现在机会来了，他当然不会放过。不论是设计需要也好，时间紧迫也罢，非占用不可，也得先商量，古话说“好话三分软”。再说弟弟一德。哥哥擅自占地，的确不对，但弟弟回到家，哥哥已经向他解释了为何占用以及为何没打招呼，且又主动承认错误，又愿补偿，此时弟弟应看在兄弟之情，放他一马，况且占地也仅是一尺，对自己的影响并不大，何必那样倔强固执，非叫哥哥拆去一堵墙不可，硬要争一口气，记恨嫂嫂以往的不是，借机发泄，进而导致同胞兄弟相互厮打，遭人笑话，还得用好不容易挣来的打工钱付一笔医药费，岂不是赔了夫人又折兵吗？如兄弟俩都像宋县令一样，遇事冷静，能让则让，以德报怨，又怎么会同室操戈，伤了感情呢？所以，我们要学习社会主义文明道德，加强自身修养，学会用更合适的方式处理矛盾。

后　记

我的这本小册子，是继已出版的《公仆情·百姓心》和《闲话乡村旧事》后的又一本。前两本书问世之后，我心想，自己已年逾花甲，不想再写作了。写作这活，虽是坐在屋里，日不晒，雨不淋，但做起来，一样会累人，不想再吃这苦了。哪知，一次偶然的机会，在与故朋旧友相聚时，我的好友、黔西南布依族苗族自治州人大常委会副主任冯永光先生却热情鼓励我，要我再接再厉，不可懈怠。在他的热心鼓励下，我又来了兴趣，便四处收集素材，动笔写作。在写的过程中又遇到家事纠缠，耽误了一段时日，待家事忙过，方又续写，总算是全稿告结，可谓我写作生涯的又一里程碑。在这里，首先要感谢冯永光先生的热情鼓励。

本书在写作过程中，得我的老领导、老搭档黄定承先生的热情关照（在望谟县工作时，黄任县委书记，我当县长）。与此同时，又得望谟县人大常委会原主任岑美强先生为书作序，黔西南布依族苗族自治州人大常委会办公室原副主任熊守文先生为书取名和题写书名，黔西南自治州瑞峰房地产开发有限公司岑富杰先生和州残联胡艳女士在百忙之中抽空帮忙打印，州人大常委会办公室李远玲同志热情提供笔墨纸砚。在此一并表示感谢。